$L b \overset{48}{313}$

I0679995

EXAMEN

D'UN

LIBELLE,

PAR LE BARON ALEXANDRE MARTIN,
EX-LÉGISLATEUR.

(7 octobre 1815).

Nescias utrum magis detestabile vitium sit, an ridiculum.
(SÉNÈQUE).

A BESANÇON,

De l'Imprimerie de CHALANDRE, Grand'Rue,
n° 775.

EXAMEN
D'UN LIBELLE.

Un libelle infâme circule dans notre département depuis les dernières élections ; et pour ternir ma réputation, me diffamer et me perdre, ainsi que tant d'autres citoyens honnêtes, on répandait clandestinement le venin de la plus noire calomnie.

Je n'aurais répondu, comme on l'a fait tant de fois au nom de l'auteur, qu'en haussant les épaules ; j'aurais laissé ce libelle anonyme dans la fange, comme on passe, en détournant les yeux, à côté d'un insecte dégoûtant qu'on ne daigne pas écraser.

Mais, à ma grande surprise, M. *Crestin* père vient de déclarer lui-même à l'audience du tribunal de Gray, le 23 septembre, qu'il est l'auteur de ce libelle. Ainsi, après avoir long-temps fait circuler, sous le voile de l'anonyme, et fermenter sourdement ses poisons, il dépose le masque, il sort des ténèbres où il s'était jusqu'alors tenu prudemment aposté ; et revêtant un autre personnage, ce n'est plus un libelliste

anonyme, un empoisonneur clandestin, c'est
un citoyen qui remplit un devoir imposé par
la loi, un citoyen généreux qui, tourmenté par
son zèle, dénonce au gouvernement les criminels attentats dont il a écrit l'histoire. Il ouvre
le livre de la loi, lit gravement l'article 103,
et en présence du tribunal et d'un nombreux
auditoire, au milieu du scandale public, il se
proclame lui-même l'auteur du libelle. Il tire
de sa poche une lettre de S. Ex. le garde des
sceaux, laquelle n'est *qu'un simple accusé de
réception*, et s'écrie qu'il a adressé *son ouvrage
historique* au garde des sceaux, et que S. Ex.
a bien voulu l'accueillir et l'approuver (1). Ainsi
dans le temple même de la justice, il ose, en
profanant le nom le plus respectable, il ose
colorer d'une apparente sanction de l'autorité
publique, un libelle diffamatoire. Il pensait
peut-être que ses victimes se croiraient écrasées
sous le poids de l'autorité ; que ceux qu'il égorge
avec le couteau de la calomnie, n'oseraient plus
jetter un cri.... Il pensait sans doute aussi que
je pourrais lui répondre, le démasquer, et
qu'il valait mieux prendre les devants, en se

---

(1) Le garde des sceaux, a-t-il dit, entr'autres termes,
à pris son ouvrage en haute considération.

démasquant soi-même. O le plaisant calcul !
Mais qui croirait que ce même homme, quinze
jours auparavant, devant ce même tribunal,
a fait un pompeux éloge, a vanté le courage
et le dévouement du maire de Gray, pendant
la sédition, s'imaginant apparemment étourdir,
par les vapeurs empoisonnées de son encens,
celui qu'il voulait alors assassiner dans l'obs-
curité.

Habitans de Gray ! c'est à la confiance, à
l'affection dont vous honoriez votre magistrat,
c'est au zèle et au courage de la garde nationale,
qu'il a dû le bonheur de préserver notre ville
d'un attentat affreux, le massacre du préfet du
département, et des horreurs qui l'auraient
suivi ; de sauver à l'humanité, au nom français
une tache ineffaçable. Eh bien ! chers compatriotes, auriez-vous pu croire que je serais jamais représenté comme un chef de brigands,
qui vouloient égorger le préfet, le général, le
sous-préfet, et dix mille de nos concitoyens ?
comme l'un des agens d'une conspiration de
massacres et de spoliations qui enveloppait toute
la France ?....

Et quel tems le libelliste avoit-il choisi pour
attaquer et miner ma réputation par des voies
clandestines, me percer dans les ténèbres des

traits invisibles de la calomnie, pour lancer contre moi un libelle effréné ?

Quel temps choisit-il pour changer ce libelle anonyme en un acte public de dénonciation ; pour couvrir, en quelque sorte, sous le manteau de l'autorité, les plus horribles calomnies ; pour me signaler au gouvernement, signaler tant de citoyens estimables, comme des conjurés et des *massacreurs* ?

C'est lorsque notre malheureuse France est encore soumise aux armes de l'étranger ; c'est lorsque le fanatisme politique, semblable au fanatisme religieux, peut troubler les meilleures têtes et les cœurs les plus purs, dénaturer tous les objets, faire penser que c'est par la confession de tel ou tel article de foi, par des opinions enfin, et non par des vertus, que l'on va en Paradis ou en Enfer ! C'est lorsque des Français sont arbitrairement arrêtés, enchaînés, plongés dans les cachots.....; c'est lorsque le funeste esprit de parti faisait ruisseler le sang dans le midi (1); et que les gémissemens de tant de malheureuses victimes des discordes civiles arrivent jusqu'à nous..... Alors

---

(1) Les troubles du midi, graces à la proclamation et aux sages mesures du Roi, sont maintenant pacifiés.

j'ai dû surmonter mon profond dégoût, et m'a-
baisser, moins encore pour moi que pour mes
concitoyens, jusqu'à repousser un libelle.......
et de qui ?..... De M. *Crestin* !

Ce grand politique a découvert une grande
conspiration.

« L'usurpateur, dit-il (*pag.* 2 et 3 du libelle),
» sentait parfaitement qu'il ne pouvait ressaisir
» le trône que par une guerre contre toute
» l'Europe, et par une chaîne de victoires, en
» sacrifiant, au besoin, les deux millions
» d'hommes qu'il se proposait d'armer; mais
» il lui fallait vaincre ce dégoût absolu de tous
» les propriétaires français pour de nouvelles
» chances et de nouveaux sacrifices, cet atta-
» chement décidé de la grande majorité à Louis
» XVIII et à sa famille..... Il avait donc entré
» dans son plan, 1° de se débarrasser, une
» fois pour tout, de ces importuns, (*c'est-à-dire*
» *de plus de 15 millions d'hommes, la grande*
» *majorité attachée à Louis XVIII*); en chan-
» geant de main toutes les propriétés en faveur
» de l'armée et des prolétaires..... 2° Toutes les
» propriétés mobiliaires étaient destinées au
» pillage; les propriétés foncières étaient à dis-
» tribuer à la populace et aux soldats.... Il vou-
» lait exproprier tous les propriétaires, tous en

» général; revêtir les soldats et les prolétaires
» de leurs dépouilles..... (pag. 4.)

» Ce n'est pas qu'il n'eût décrété, du haut des
» rochers de l'île d'Elbe.... des exceptions dans
» la spoliation des propriétaires, dont une partie
» devait périr par le fer des conjurés ou des
» prolétaires, et dont le reste devait être ré-
» duit à la condition des *ilotes*....

» Ainsi on doit croire qu'un certain nombre
» de militaires en grade supérieur, *des préfets*
» *de sa nouvelle création, les membres des*
» *deux chambres non opposans à ses volontés*
» *dictatoriales* (p. 5.), beaucoup de magistrats
» exerçant le ministère public dont il était utile
» d'enchaîner l'action, comme on le verra dans
» la suite de cet écrit »; (C'est ici un des points
de mire de l'auteur; mais qu'on n'aille pas
soupçonner un ancien procureur du Roi de
convoiter la place de procureur du Roi.) « et
» enfin environ quinze à vingt initiés secon-
» daires par arrondissement, choisis dans les
» *fédérations*, devaient être maintenus dans
» leurs propriétés et participer en outre au par-
» tage du butin. Quelle espèce d'hommes
» étaient ces agens secondaires? D'anciens anar-
» chistes, nés tels, ou devenus tels dans les
» clubs d'autrefois »; (Nous verrons plus bas,

M. *Crestin*, ce que c'est que ces anarchistes.)
« *des banqueroutiers*, des coupe - jarets, *de*
» *nouveaux barons parés de ce titre sans au-*
» *tre droit à la chose que celui de posséder*
» *15,000 de rente* ». (M. *Cretin*, je ne connais
point de nouveau baron, qui se soit paré d'un
titre qu'on ait *biffé sur des registres publics*.)
« Quel appât pour tous ces individus pétris
» d'immoralité, que la promesse de proprié-
» tés à ceux qui n'en avaient pas, et celle d'em-
» plois supérieurs et plus utiles, à ceux qui
» étaient en place? Le colonel devait être gé-
» néral ; le général pair, maréchal de France ;
» *le procureur du Roi*, *procureur général ;*
» *l'inspecteur, conservateur ; le receveur, di-*
» *recteur ; le baron, comte ; le préfet, conseiller*
» *d'état , ministre ; l'assassin , sous-préfet*
» (p. 6.) ; et enfin quelques décorés par l'in-
» trigue et la bassesse , cachant sous leur
» décoration leur lâcheté bien connue à la
» guerre , et l'absence d'aucuns services à la
» chose publique ». (Braves légionnaires de
Gray, vous qui m'avez si bien secondé dans
ces jours orageux, où nous eûmes le bonheur
de sauver le préfet des fureurs d'un peuple
égaré, est-ce vous que l'on prétendrait insul-
ter ?) « Du moment de l'entrée de l'ennemi

» sur le sol de la France, on devait se lever en
» masse.... *Le tocsin devait être la trompette*
» *de la mort des anciens nobles, des autorités*
» *administratives , et des propriétaires* non
» exceptés...... (p. 7.) Ce plan explique *tout*
» *naturellement* la prétendue merveille d'être
» sorti sans opposition de l'île d'Elbe. (pag.
» 8) ». Enfin, c'est des faits qui se sont passés
à Gray....., « que sort la preuve invincible du
» but atroce des conjurés et de leur chef». (pag.
16). « Toutes les circonstances de l'évènement
» de Gray démontrent l'esprit et le plan de
» la grande conjuration ». (pag. 29.)

Ah! monsieur, quelle admirable découverte!
et qu'il est beau, lorsque l'esprit de parti nous
divise, nous agite par les passions les plus ombra-
geuses, lorsque les moindres villages de cette
malheureuse France ne sont pas exempts des
plus cruelles dissensions, de représenter tous les
Français, comme deux partis, l'un de victimes,
l'autre de spoliateurs et de bourreaux, qui ont
failli d'être aux prises, et de les mettre, pour
ainsi dire, en présence. Un tel service doit vous
valoir au moins la place de procureur du roi,
pour épier, pour accuser, poursuivre, incar-
cérer, tenir sous une verge de fer cette moitié
de vos compatriotes de Gray, qui voulait égor-

ger ou piller l'autre : mais non, le politique transcendant qui a découvert cette immense conjuration, est trop au-dessus de ces fonctions subalternes, quelque divertissantes qu'elles puissent être, et qui ne seraient qu'un pis aller ; ce génie perçant et sublime, cet aigle en politique aspire, comme nous aurons le plaisir de le voir bientôt, à prendre son essor jusqu'à la chambre *des fidèles* (1).

« Il importait aux agens établis dans la ville
» de Gray, de commencer par dépouiller de
» leurs places, afin de s'y glisser, les autorités
» administratives les plus estimables, en at-
» tendant que le moment de leur ôter la vie
» et les biens fût venu. Le maire fidèle au Roi
» fut remplacé par *le président de la fédéra-*
» *tion* ». (Ce trait est mis officieusement en
lettres italiques.) « Leurs attaques échouèrent
» contre le sous-préfet. La grande considération
» que portent tous les partis à sa délicatesse,
» à la douceur de son naturel, à ses talens admi-
» nistratifs, au patriotisme éclairé qui l'anima
» toujours (pag. 16 et 17), et auquel se rattache
» la cause royale, imprima au commissaire de
» la 6ᵉ division une sorte de vénération pour

(1) Expression de l'auteur.

» lui, et aux agens qui se députèrent près de
» cette puissance, une sorte de timidité ou de
» pudeur qui décélait la fausseté des imputa-
» tions dont ils s'étaient armés. Ils furent ré-
» duits à ajourner son sort jusqu'au fatal dé-
» nouement, fixé en cas de victoire au 2 juillet,
» et dans le cas de défaites, au moment de
» l'invasion ».

Il est clair que je suis représenté comme ayant
voulu dépouiller de sa place l'ancien maire de
Gray ; et l'on peut d'autant moins douter des
charitables intentions du libelliste, qu'il m'af-
fuble de ce titre terrible de président de la fédération, quoiqu'il soit notoire qu'à cette époque
il n'y avait pas ombre de fédération à Gray (1).

_____

(1) Ce ne fut que plus d'un mois après, que des députés
de la fédération établie à Vesoul, munis de l'autorisation du
ministre de l'intérieur et du préfet du département, vinrent
l'organiser à Gray.

On ouvrit des registres d'affiliation dans la salle du tribunal
de Gray, et le sous-préfet, le président du tribunal assistè-
rent, comme le maire de la ville, à cette séance publique.

On nomma pour commissaires des hommes estimables et
généralement considérés. Malgré les plus vives excuses, faites
publiquement, je fus nommé, et je crus devoir accepter comme
maire de la ville.

Le sous-préfet nous donna l'exemple, en signant le premier
le registre de la fédération, et M. *Crestin* père ne s'est-il pas
affilié lui-même à ces terribles fédérés, à ces abominables ini-

Je fus appelé à Vesoul dans le cours du mois d'avril, ainsi que plusieurs notables de chaque arrondissement par M. Dumolard, commissaire extraordinaire de la 6e division militaire. Le préfet et le commissaire me prièrent de me charger de l'administration de la ville de Gray, dans ces circonstances difficiles. Je me refusai, de la manière la plus forte, aux vives et honorables instances qu'on voulut bien me faire. Je puis en attester MM. de St. Céran et Dumolard;

---

tiés! Nous étions bien forts, puisque nous avions M. *Crestin* pour nous.

M. le sous-préfet, en costume, fit publiquement avec moi la proclamation des principes de la fédération établie à Gray.

J'en citerai quelques traits : « Le but de cette fédération est » de maintenir l'ordre, la sûreté des personnes et des proprié- » tés, de consacrer tous ses moyens à la propagation des prin- » cipes libéraux, de porter un secours effectif et prompt, à la » première réquisition de l'autorité publique, à tous ceux qui » pourraient être opprimés, quelles que soient leurs opinions». (*Quelles que soient leurs opinions :* ces paroles que ma voix a fait plus d'une fois retentir dans ces temps orageux, ne sont pas inutiles à rappeller dans un temps où l'esprit de parti fait faire tant de noirceurs, et qui pis est tant de sottises !) « Les » confédérés, loin de sortir de la condition commune, sont » par le fait même de leur association, plus étroitement tenus » que tous autres à l'accomplissement des devoirs de citoyen ».

On fit une souscription pour l'abonnement aux journaux, et voilà ce que c'est que cette fédération Grayloise dont M. *Crestin* veut faire un si plaisant épouvantail !

je puis en attester tous les notables, ceux des conseillers de préfecture qui étaient présens, et le sous-préfet de Gray lui-même. Ce ne fut qu'à Gray, quelques jours après, sur de nouvelles instances de M. le préfet et celles que me firent des habitans de toutes les classes, de tous les partis, que je pensai ne pouvoir plus me refuser aux fonctions que l'on voulait bien me confier. Les membres du conseil municipal se rappelleront aussi que la première fois qu'ils furent réunis, je leur dis avec émotion, que quelqu'honorables que fussent les fonctions de leur magistrat, je ne les acceptais que pour leur prouver mon dévouement dans le danger de la patrie, et qu'aussitôt que la crise serait passée, je rentrerais dans la vie privée.

Oui, mes chers concitoyens, en acceptant de telles fonctions, dans de telles circonstances, avec le triste pressentiment des lâches inimitiés auxquelles j'allais être en butte, je ne pouvais pas vous donner de témoignage d'un plus pur dévouement ; et malgré les libelles, malgré l'amertume dont on m'abreuve, je ne m'en repentirai jamais.

Quant aux attaques contre lesquelles le sous-préfet fut si bien défendu par la vénération qu'il inspire, selon M. son père, on peut demander à MM. de St. Céran et Dumolard si je leur dis le moindre mot sur le compte du sous-préfet, et je puis prendre à témoins tous les notables qui se trouvaient alors à Vesoul. Je laisse à la conscience de M. *Crestin* fils, à ressentir quelle fut dans cette circonstance critique la délicatesse de mes procédés. Qu'avait-il au surplus à craindre des prétendues attaques de ces prétendus agens? N'avait-il pas pour égide une conduite également pure et prudente. Je souscris très-volontiers à l'éloge si paternel de M. *Crestin*.... Mais accuser les gens d'avoir voulu dépouiller son fils de sa place, pour l'assassiner ensuite......, c'est trop fort.

C'était peu *d'avoir dépouillé* ou tout fait pour *dépouiller de leurs places, afin de s'y glisser, les autorités administratives les plus estimables ; on attendait*, comme on a vu, *le moment de leur ôter la vie et les biens.* Et le libelliste rappelle (p. 19.) les mauvais traitemens que quelques gens du peuple ont fait éprouver à l'ancien maire de Gray (1).

Mais non, je ne m'avilirai point jusqu'à repousser de pareilles horreurs ! je ne m'avilirai

(1) *Quelques crimes toujours précèdent les grands crimes.* Les *agens* devaient donc préluder par des *attentats individuels* avant d'arriver à l'attentat général. (*Pag.* 17 *du libelle.*)

point jusqu'à témoigner combien j'ai gémi de
l'insulte qu'a essuyée mon prédécesseur ! le lendemain même je fis venir le lieutenant de gendarmerie et le commissaire de police, et je leur
recommandai, en sa présence, de faire toutes
les recherches, toutes les poursuites nécessaires.
Ces deux officiers de police lui déclarèrent
aussi, qu'ayant passé le jour même, avec le cortège de la garde nationale, sans que ni eux ni
moi fussions encore informés de ce désordre,
j'avais recommandé au lieutenant de gendarmerie, sur le simple bruit que je crus entendre près
de la demeure de l'ancien maire, de placer un
gendarme et un garde national à sa porte.

Je déclarai moi-même ce délit au ministère
public, et peu après j'exprimai à la garde nationale assemblée, la vive affliction qu'elle
partageait avec moi.

« Pendant ce sommeil de la justice (p. 20.),
» le président de la fédération, ou par un zèle
» irréfléchi, ou par contrainte, donnait un
» autre spectacle. Il familiarisait les prolétaires
» avec les réunions nocturnes et armées (1),

---

(1) « Les *agens* étoient très-exacts à se trouver à leurs
» réunions nocturnes, dans chaque chef-lieu d'arrondisse-
» ment ». (p. 11.)

» sous prétexte de publier des victoires quand
» Bonaparte était vaincu, et de proclamer
» Napoléon II, quand l'Europe, par l'organe
» des monarques alliés, n'en voulait pas; de
» manière que les esprits se disposaient, dans
» ces *bacchanales*, à la scène tragique dont
» la levée en masse déjà ordonnée par le gé-
» néral commandant le département, allait
» être l'occasion ».

Le lâche libelliste, en me calomniant de la
manière la plus atroce, parle de mon zèle
irréfléchi, de contrainte! Il couvre de fleurs
le stylet empoisonné dont il voulait me percer
dans les ténèbres; ou plutôt, comme les brigands qui s'attendent à être traduits en justice,
il se ménage contre l'attaque en calomnie des
moyens évasifs; mais oublie-t-il qu'on n'a pas
besoin de le traduire en justice pour l'attacher
au pilori de l'opinion publique!

Il me fait un crime d'avoir publié la nouvelle
officielle de la reconnaissance de Napoléon II
par les deux chambres et le gouvernement
provisoire; comme si son fils, le sous-préfet de
Gray, n'avait pas fait comme moi, en costume,
cette même publication! Il suppose même
que cette publication a été faite deux fois....
Dans l'une de ces proclamations nocturnes de

Napoléon II, dit-il ailleurs (page 19.): com-me s'il n'était pas notoire que cette publication n'a été faite qu'une fois par le sous-préfet et moi ; et si elle n'a pas été terminée avant la nuit, c'est que le sous-préfet a cédé, ainsi que moi, au désir que nous témoignait le cortège d'aller jusqu'à la section d'Arc.

Quelles sont donc *ces réunions nocturnes et armées, ces bacchanales*, où je préparais les prolétaires ; où je disposais les esprits à des scènes tragiques ? A moins que vous n'appelliez ainsi le banquet que la compagnie des grena-diers, cette compagnie, l'élite des habitans de toutes les classes, de tous les partis, a bien vou-lu me donner, pour témoigner à leur magistrat l'estime et l'affection dont ils l'honoraient. Ah ! braves grenadiers, chers et bons compatriotes, lorsque par vos chants, vos acclamations qui retentissaient jusqu'au fond de mon cœur, vous me combliez de tant de témoignages d'affection ; lorsque nous nous félicitions d'avoir sauvé en-semble notre ville des plus grands malheurs ; lorsqu'après m'avoir reconduit, avec un profond silence dans ma demeure, vous me témoigniez d'une manière si touchante votre regret de ne pouvoir me conserver pour maire (1); lorsque

_____

(1) D'après l'ordonnance du 7 juillet.

je

je vous pressais sur mon cœur; ah! jamais auriez
vous imaginé qu'on m'accuserait d'être un chef
d'assassins; d'avoir préludé avec vous, par des
réunions nocturnes et armées, par des bacchan-
nales, au pillage et au meurtre de nos compatriotes !

Entendrait-il par bacchanales ce grand re-
pas qui fut donné par une centaine de parti-
culiers de cette ville, peu-à-près le retour de
Bonaparte? Mais le sous-préfet, homme public,
y était quoiqu'il n'y eût presque point de fonctionnaires publics: j'y étais aussi; mais pouvais-
je mieux faire, moi, qui étais alors simple particulier, que de suivre l'exemple de ce *vénérable*
sous-préfet, *dont le patriotisme éclairé se rat-*
tache toujours à la cause royale ! (pag. 16.)

« On savait à Paris, le 1er juillet, ce qui de-
» vait se passer à Gray les 6 et 7 »,. (p. 20.)
Le fait est certain, M. Crestin l'affirme.
A l'arrivée du préfet (1) « nous sommes envoyé-

____

(1) M. *Crestin* se complaît à représenter le préfet *comme*
un vrai fugitif qui quitte son poste sur de faux bruits, qui
arrive à Gray sans aucune marque de sa dignité, qui se laisse
traiter en criminel, qui reste transi de peur chez le maire,
qui s'abaisse jusqu'à donner l'accolade au furieux qui avoit
failli le tuer, etc., etc. Je craindrais de blesser la délicatesse
de M. de St. Céran en réfutant de pareilles indignités. M. *Crestin*
s'attache à dénigrer, (et dans quelles circonstances !) un hom-

» rent pendant la nuit, dans les campagnes,
» des émissaires avec des lettres non signées,
» (p. 20.) portant avis que l'ennemi est aux
» portes, que le préfet est arrivé et fuit, qu'il
» faut que la *masse* vienne sur le champ, ar-
» mée de faulx, de lances, de piques, de fusils,
» de baïonnettes ».

Ah! Dieu merci, ce sont des *lettres non signées*. Je pensais que ces lettres étaient signées
et qu'elles étaient parties de la mairie, comme
on a voulu si charitablement en répandre le
bruit; car on s'est permis de dire ce qu'on ne
pouvait pas imprimer, même dans un libelle
anonyme.

« Le 5 au soir un rassemblement considé-
» rable se forme devant son auberge.

« Dans la nuit du 5 au 6, (p. 20.) les agens »,
(c'est-à-dire le maire et tous les bons citoyens
qui, à la face du ciel et de la terre, ont sauvé le
préfet); « suivant la tactique adoptée par les
» factieux, depuis vingt-cinq ans, de sacrifier
» un des leurs pour faire dix mille victimes

me plein de douceur et de bonté, dont l'administration s'était
annoncée de la manière la plus avantageuse, et qui après avoir
éprouvé les plus grands malheurs dans la révolution, a failli
d'être massacré dans notre ville. Quelle ame honnête ne serait
pas révoltée d'un procédé si lâche !

» dans le parti opposé, sèment le bruit que le
» préfet est un traitre.... ».

. Ah! Monsieur, quels terribles personnages
nous sommes ! les Ogres de la bibliothèque
bleue, les Poliphêmes, les Pourfendeurs de
géans, ne sont pas de notre force. Nous vou-
lions immoler dans la ville de Gray dix mille
victimes !

« Les prolétaires des campagnes accourent
» en foule (p. 21.), munis de toutes espèces
» d'armes...... Ils se joignent aux prolétaires
» de la ville : bientôt deux ou trois mille
» séditieux assiègent l'auberge du préfet, de-
» mandent sa tête....... Ils amènent le préfet
» comme un criminel, à l'hôtel-de-ville.....
» Point de mesure répressive contre ce formi-
» dable attroupement. La garde nationale,
» qui dès le 5 au soir aurait dû être sous les
» armes devant le logement du préfet, pour
» en dissiper les premiers pelotons, n'est
» point appelée; les agens lui avaient donné
» le 4 un nouveau commandant; ni lui ni le
» président de la fédération, que Bonaparte
» avait fait maire, n'en requièrent la présence,
» si ce n'est à deux heures du soir, de ma-
» nière que depuis cinq heures du matin de
» ce jour, jusqu'au soir, le préfet s'est trouvé

» entre la vie et la mort, et à tous momens
» en danger de voir la maison commune for-
» cée et les poignards dirigés sur sa personne ».

Quel dommage qu'il n'y ait pas un mot de
vrai dans ce beau récit! Il suffit de rappeller
les faits, et ces faits sont connus de toute la
ville. Ce n'est point le 5 au soir que s'est formé
devant l'auberge du préfet un rassemblement
séditieux, mais le 6 au matin. La journée du 5
a été calme, et sur-tout aucun orage ne semblait menacer le préfet ; mais sur le soir,
beaucoup d'hommes du peuple, dont plusieurs
étaient des campagnes, vinrent me trouver
chez mon beau-père, où le préfet venait de
dîner avec nous et quelques notables de la
ville. Ces hommes effrayés de l'approche de
l'ennemi, demandaient une levée en masse et
montrèrent une effervescence qui nous donna
de l'inquiétude. Nous engageâmes le Préfet à
expédier à Besançon un courrier avec une
lettre au maréchal Jourdan, pour lui rendre
compte de la disposition des esprits, et le
presser d'envoyer à Gray de la troupe de
ligne. Le courrier partit le soir même, et
voilà comme *on n'a pris aucune mesure répressive !* Rien encore, il est vrai, ne semblait
menacer le préfet. Le commandant de la garde

nationale (1) fit sa ronde dans la ville ; il y avait sur la place un poste de garde nationale, et l'on fit des patrouilles pendant la nuit.

Ce ne fut que le lendemain matin (6 juillet), qu'averti qu'il se formait un rassemblement devant le logement du préfet, je m'y transportai, décoré de mon écharpe, avec MM. Petiet et Perron, mes adjoints. Nous vîmes des groupes de gens du peuple, parmi lesquels étaient quelques hommes armés de fourches et de faulx ; ils demandaient une levée en masse, se plaignant de la trahison, de la famine dont les menaçait l'évacuation des magasins (2), et commençaient à injurier le préfet. Nous parlâmes à ces gens égarés, et nous réussîmes d'abord à les calmer et à dissiper les

_____

(1) Selon le libelle, les agens avaient donné le 4 juillet un nouveau commandant à la garde nationale ; malheureusement le sous-préfet, par une lettre en date du 16 juin, m'a prévenu de la nomination de M. Drouhot.

(2) Parmi les causes de l'égarement d'un malheureux peuple, qui se voyait au moment de l'invasion étrangère, le libelliste oublie de dire que des craintes sur les subsistances, à l'occasion de l'évacuation des magasins militaires, établis aux casernes, et des armes du propriétaire des moulins, craintes si terribles dans de pareilles circonstances, ont singulièrement contribué à l'effervescence populaire.

groupes; mais ils recommencèrent ensuite.
Alors je conseillai au préfet de se rendre à
l'hôtel-de-ville, et il s'y rendit en effet avec
nous, revêtu de son costume. Nous conférâmes
sur les moyens de calmer l'effervescence populaire, qui du reste était bien éloignée d'avoir
le caractère alarmant qu'elle prit ensuite. Nous
engageâmes le préfet à faire partir pour Besançon les déserteurs qui avaient été arrêtés ré-
cemment en assez grand nombre, et à leur
donner pour escorte 20 *à* 30 *hommes du*
peuple. Nous pensâmes que le meilleur moyen
d'appaiser le peuple qui commençait à se rassembler sur la place et à demander la levée
en masse (1), c'était de lui proposer de s'organiser .... Je fis porter des registres aux casernes, et le commandant de la garde nationale,
ainsi que quelques bons citoyens, se chargèrent
de cette opération. Je conduisis moi-même le
peuple à la place des casernes; des troupes
nombreuses d'hommes armés de fourches, de

---

(1) La proclamation du général commandant le département, a contribué à l'agitation du peuple, mais il ne
l'avait faite, que parce qu'il espérait encore qu'une grande
levée d'hommes pourrait, en renforçant le corps du général Lecourbe, préserver notre département de l'invasion
étrangère.

faulx redressées, arrivaient des campagnes envi-
ronnantes, demandant, ainsi que le peuple
de la ville, à marcher au devant de l'ennemi.
Je m'efforçais de les calmer en les haranguant,
et je réussis à en renvoyer plusieurs de la ville.
J'avais requis l'appel de la garde nationale,
aussitôt que l'agitation populaire nous parut
devenir menaçante ; j'avais même fait faire
auparavant, un appel particulier d'une douzaine de grenadiers ; mais je le demande à tout
militaire, ou plutôt à tout homme sensé, rassem-
ble-t on une garde nationale, comme une
troupe de ligne ? Réunit-on une compagnie de
garde nationale, disséminée dans une ville qui
a des faubourgs fort étendus et à une grande
distance, composée de bourgeois, d'artisans,
la plupart hors de chez eux, et vaquant à
leurs travaux, qui sont forcés de s'équiper,
sans qu'une pareille réunion entraîne beaucoup de lenteur. Cependant l'agitation du
peuple augmente.... Une foule de séditieux couvre la place.... De nouvelles troupes, munies
de toutes sortes d'armes, accourent ; des bruits
sinistres circulent au milieu d'une multitude
aveugle, que l'approche de l'ennemi remplit
tout ensemble d'effroi et de fureur. On demande
la tête du préfet, du meilleur et du plus irré-

prochable des hommes. Le poste de garde nationale placé devant la maison commune, est forcé. La multitude entre et remplit la première salle, précédée d'hommes armés de lances, de fourches et de faulx; elle est au moment d'envahir la salle de la mairie.... Ce fut alors que m'adressant à trois ou quatre d'entr'eux, je leur dis avec l'accent qu'inspirent de si terribles circonstances : *mes amis, arrêtez-vous là, je vous confie la vie du préfet, l'honneur de la ville..... Tenez-vous à la porte.... Empêchez le peuple d'entrer....* Et ces hommes semblant changer d'ame à la voix de leur magistrat, s'arrêtent, résistent au peuple et l'empêchent d'entrer; mais bientôt ils succombent à l'impulsion toujours croissante de la multitude, qui pénètre dans la dernière salle..... Jamais il ne s'effacera de mon souvenir, ce moment terrible, ce moment d'angoisses... Serrant le préfet dans mes bras, j'invoque l'humanité, l'honneur.... J'offre ma tête aux faulx et aux piques des furieux.... Les cris, les pleurs de ma femme, qui avait percé la foule pour partager mes dangers ; de ma femme éperdue et presque prosternée à leurs pieds : la pitié, une sorte d'affection que la multitude, même au comble de l'égarement, sem-

blait encore conserver pour moi, arrêtaient
leurs coups, lorsqu'un forcené, armé d'un fusil
à baïonnette, s'élance.... Je couvrais le préfet de mon corps.... Il m'eût percé avant lui...
Deux ou trois bons citoyens se jettent sur ce
furieux, et M. Colin, d'Arc, ancien officier,
détourne le coup (1) ; je me réfugie avec le
préfet dans une chambre latérale, donnant
sur la place, et là notre agonie recommence.
Tantôt je me présente au peuple, qui couvre la place, faisant signe que je lui réponds
du préfet sur ma tête ; tantôt par la porte entr'ouverte, je me montre au peuple qui remplit
la salle de la mairie, et que ma présence semble un peu calmer. Cette porte continuellement assaillie, était défendue avec la plus
grande intrépidité, par M. *Bailly* (2), ce
brave garde national, que M. *Crestin* ose représenter dans son libelle comme un assassin,

----

(1) M. Kornpropst le désarma ensuite ; c'est un des grenadiers
qui s'est le plus distingué par son courage et son zèle.

(2) Ce n'est pas la première action courageuse de M. *Bailly*.
En 1803, un horrible météore, une trombe aqueuse dévasta la
commune de Blainville, canton de Bourmont, département de
la Haute-Marne : quatre enfans restés seuls dans une maison
inondée, flottoient déjà sur un lit soulevé par les eaux... Cette
maison était au milieu du torrent... Ces malheureux enfans al-

un boute - feu de la sédition, qui insulte les Autrichiens, etc.

Enfin la compagnie des grenadiers, qu'on n'avait pu réunir que successivement, est rangée dans la galerie extérieure de l'hôtel-de-ville : leur brave capitaine m'avertit. Les grenadiers s'emparent de la salle ; je fais sortir le préfet par un escalier dérobé qui conduit à cette galerie extérieure, et de là au jardin de ma demeure. Les grenadiers, ces sauveurs de la ville, protègent contre des milliers de séditieux, la retraite du préfet, à qui le brave capitaine *Baudin* donnait le bras d'un côté ,

_____

laient être submergés... On ne croyait pas même qu'il fût possible de les secourir.... Le jeune *Bailly* seul, se dévoue, s'élance à plusieurs reprises dans le torrent, et au risque d'être mille fois submergé lui-même, arrache successivement ces quatre enfans à une mort certaine. Cette action héroïque est attestée par un procès-verbal des autorités locales et par le préfet du département. On peut en voir le récit *au Publiciste*, N° du 8 juin 1803. C'est après cette belle action et sur le compte que le préfet s'empressa d'en rendre au gouvernement, que le jeune Bailly, alors surnuméraire au bureau de Bourmont, fut nommé receveur de l'enregistrement. Il se signala une autre fois dans un incendie, par le même dévouement. Il a mérité plus d'une couronne civique ; et au moment même où il a particulièrement contribué à sauver le préfet, à sauver la ville de Gray d'un éternel opprobre, on le persécute par de lâches calomnies.

tandis que je le tenais embrassé de l'autre. C'est
ainsi que vers les deux ou trois heures après
midi, le préfet entra dans ma demeure, es-
corté des grenadiers, qui en occupèrent à l'instant tous les postes et le gardèrent nuit et jour,
avec un zèle au-dessus de tout éloge.

Le lendemain, des mouvemens séditieux
éclatent avec une nouvelle fureur : le peuple
crie de nouveau à la trahison, veut marcher
contre l'ennemi.... Le tocsin sonne... (1) Des
troupes armées de fourches, de faulx, accourent des campagnes.... Le peuple veut, comme
la veille, se porter chez ceux qu'il appelle des
royalistes, les désarmer. Dieu m'est témoin et
mes concitoyens savent, si je luttai avec quel-

---

(1) Voici un des traits les plus noirs du libelle. M. *Crestin*
ose dire que le commandant de la garde nationale *fit retirer
le poste* de la porte du clocher, pour faire sonner le tocsin,
le signal du meurtre et du pillage (et ces mots *fit retirer le
poste*, sont officieusement soulignés dans le libelle, apparemment pour que la calomnie paraisse plus hideuse). Quelle rage
infernale a donc pu l'inciter contre un ancien adjudant-géné-
ral, retiré dans sa campagne, qui ne quitte sa retraite, quoique malade et souffrant, que pour témoigner son dévouement
à ses concitoyens, dans une circonstance si difficile ; d'un
homme connu par la bonté de son caractère, et persécuté autrefois pour son attachement au général Moreau; circonstance
que M. *Crestin* n'a probablement pas oubliée.

que courage contre la tempête : me jettant au milieu de cette multitude égarée, je m'épuisais pour la calmer. Je ne quittais le préfet, que pour courir haranguer les troupes de paysans, à mesure qu'elles arrivaient.... Une émotion profonde, un profond sentiment de ses devoirs, donnent à un magistrat quelque ascendant dans ces terribles circonstances ; et je dus beaucoup à l'affection que le peuple me témoignait, même dans sa plus grande frénésie. Enfin cette journée orageuse finit sans qu'une goutte de sang eût été répandue, sans qu'un seul citoyen pût se plaindre d'avoir vu son domicile violé, d'avoir été maltraité.

Au reste, selon le libelliste, rien n'était si facile que de tout finir... « Observez, dit-il, (page
» 23) que le ministère public était là, (car l'an-
» cien procureur du Roi en revient toujours,
» avec un zèle bien désintéréssé, au nouveau
» procureur du Roi) et n'avait pas quitté le
» préfet depuis le 6 au matin ; qu'il avait la gen-
» darmerie sous sa main (trois gendarmes) ;
» qu'il lui eût été extrêmement aisé de faire
» arrêter deux ou trois des chefs ; le reste se
» fût dissipé ; mais les séditieux se croyaient,
» comme le préfet, sous sa protection ; le
» maire, le commandant de la garde natio-

» nale, avaient la même facilité ; aucun n'en
» profita ».

Ah! Monsieur, que c'eût été un excellent
moyen d'appaiser deux ou trois mille furieux,
que d'en arrêter deux ou trois ; que de risquer
de jetter des matières inflammables dans le
plus horrible incendie, pour calmer une ville
insurgée, une partie de l'arrondissement in-
surgé!.... Les propriétaires, selon vous, auraient dû *s'armer et se rallier pour fondre sur
les séditieux et sur les agens de la grande
conjuration* (pag. 26). Il est en vérité bien
malheureux que nos concitoyens n'aient pas
suivi des conseils si pacifiques, et dont les suites eussent été si salutaires!

Mais du moins, puisque le maire de la
ville trahissait tous ses devoirs, pourquoi M.
Crestin fils, le sous-préfet de l'arrondissement
de Gray, dans cette insurrection d'une partie
de l'arrondissement, dans cette insurrection
où les habitans armés de plusieurs communes,
accouraient au chef-lieu de l'arrondissement,
n'a t-il pas interposé et fait agir son autorité,
une autorité supérieure à celle du maire? Puisque le maire *ne prenait aucune mesure répressive*
(p. 22), pourquoi n'en prenait-il pas? Ne pou-
vait-il pas aussi faire arrêter deux ou trois des

chefs? N'avait-il pas aussi la gendarmerie sous
sa main? Puisque le maire, pour livrer la ville
aux meurtriers et aux pillards, ne requérait
point la garde nationale, pourquoi ne la pas
requérir lui-même? Mais quoi, pas un mot au
maire de la ville! pas un mot au commandant
de la garde nationale! pas un mot au capitaine
des grenadiers! Où était-il, lorsqu'à l'hôtel-de-
ville, avec les dignes citoyens que son père ose
déchirer dans un libelle infâme, que son père
ose signaler au gouvernement comme des traîtres et des scélérats, je m'épuisais à lutter contre
un peuple furieux? Où était-il, lorsque je couvrais le préfet de mon corps? Où était-il, lorsqu'avec le capitaine *Baudin* et ses soixante
braves, je conduisais à travers des milliers de
séditieux, le préfet dans ma demeure?

Le général commandant le département,
qui était arrivé le 6 au soir avec 200 hommes de troupes de ligne, d'après le courrier
qu'on avait dépêché, fut insulté, en parlant
au peuple qu'il voulait calmer, et menacé par
les séditieux. Le général sait, tous mes concitoyens savent, si, dans ce nouvel orage, je
ne montrai pas le même dévouement. Nous
réussîmes à calmer le peuple, en employant
la persuasion, au lieu de la force, bien impuis-

sante contre une telle sédition, et qui eût fait
de la ville un théâtre de carnage. Le général
avait dans la matinée fait arrêter un séditieux;
je remarquai que cela contribuait beaucoup à
l'effervescence populaire; je l'engageai à le remettre en liberté (M. *Crestin* voit que je lui
donne des armes contre moi): enfin j'eus le
bonheur de ramener chez moi le général, à
travers une multitude immense, armée en
partie, violemment agitée, et dont la fureur
pouvait avoir les suites les plus désastreuses (1).

Mais, selon le libelliste, ce sont les *agens*
de la grande conjuration, qui ont voulu faire
massacrer le général; et les initiés avaient si
bien ourdi cette trame dans la ville de Gray,
que la garde nationale et ses officiers, (qui le
croirait!) étaient de connivence avec eux.

En effet, dit le libelle, (p. 24.) « *les agens*
» *suspectent le général par-dessous main* : la
» demande de sa tête circule parmi les séditieux;
» l'un d'eux le saisit au collet : il tire son sabre
» à moitié; les lances, les fourches ferrées le
» menacent..... La garde nationale est en
» bataille sur la place; pas le moindre com-

_____

(1) L'auteur dit lui même, page 24, *qu'une première goutte*
de sang, pouvait en amener des torrens.

» mandèment pour porter les armes, ni pour
» éparpiller les factieux par des marches à pas
» redoublés; au contraire, comme si c'eût été
» dans un moment de repos, le grenadier est
» appuyé sur son fusil ».

Il est manifeste que la garde nationale et
ses officiers, sont ici accusés de connivence ou
de lâcheté (1).

Ils auraient vu tranquillement massacrer
devant eux le général commandant le département ! Ils n'avaient que quelques pas à
faire ; mais pas un officier qui leur fasse le
moindre commandement pour porter les armes,
pour éparpiller les factieux. Le grenadier reste
tranquillement appuyé sur son fusil !

Vil calomniateur que vous êtes ! Avez-vous
pu croire que vos libelles clandestins, que vos
délations encore plus ridicules qu'odieuses,
terniraient l'honneur de cette brave garde,
nationale, de ces grenadiers, qui dans cette

---

(1) On n'a pas oublié que c'est le commandant de la garde
nationale, ce nouveau commandant, nommé le 4 par les
agens, qui, pour faire sonner le tocsin, fit retirer le poste
placé à la porte du clocher. On n'a pas oublié que c'est dans
les fédérations que l'usurpateur s'était choisi 15 à 20 initiés par
arrondissement (voyez le libelle page 6), et que les fédérations étaient en grande partie composées de gardes nationaux.

dernière

dernière circonstance, montrèrent une prudence aussi louable, qu'ils avaient la veille,
en sauvant le préfet, fait voir d'intrépidité ;
de cette troupe généreuse, qui par son organisation spontanée, et en s'exerçant, en s'équipant
volontairement, a prévenu l'autorité, et sans
laquelle notre ville eût été dénuée de toute
défense contre la sédition ; de ces soldats citoyens, que l'étranger même a honorés, en les
exceptant du désarmement, et en leur laissant
la garde de cette ville qu'ils ont sauvée !

Assurément personne n'accusera le général
Gruyère, qui est couvert de cicatrices, qui a
perdu un bras au service de l'Etat, qui dans
plusieurs batailles, s'est distingué par la plus
brillante valeur, de manquer de fermeté et
de résolution. Eh bien ! Sa troupe de ligne de
200 hommes, était rangée sur la place ; mais
il s'est bien gardé de faire le moindre signe de
commandement contre la multitude ; il savait
que le premier coup eût été le prélude du
carnage ; que la première goutte de sang répandue, en eût fait verser des torrens

Les agens de la grande conjuration, furieux
de n'avoir pu obtenir la tête du général, et qui
veulent absolument une première victime pour
en faire immoler dix mille autres (p. 24), *ins-*

3.

pirent aux séditieux de demander la tête du sous-préfet ; et, ce qui est *remarquable*, dit le libelliste, en épaisissant le voile transparent dont il se couvre, *c'est que ce furent les habitans de C*** qui en prirent l'initiative* ; mais *le sous-préfet n'est point ému de cette demande* ; il refuse, avec raison, d'y obtempérer, et déploye un caractère si imposant, qu'il se voit entouré du respect de *la masse.* Dans cette immortelle histoire de la grande conjuration, le sous-préfet fait mille efforts pour étouffer la sédition et sauver le préfet. L'initiative des habitans de C***, l'insolente *demande* qu'ils lui font, rien ne peut l'intimider ; rien ne peut lasser son zèle. C'est le seul fonctionnaire qui ait déployé un courage, un dévouement, dignes des circonstances.

Ah ! que M. *Crestin* exalte les vertus de son fils, qu'il dise que le sous-préfet de Gray a toujours marché sur les traces si pures de l'administration de son père ; qu'il dise que sa rare modestie, son désintéressement, sa délicatesse, lui ont mérité, ainsi qu'à son père, une *sorte de vénération* ; qu'il est un autre Aristide ; qu'il a poussé l'héroïsme patriotique, jusqu'à envoyer au secours de l'usurpateur et contre les alliés, au mois de mai dernier, son jeune fils, âgé de 17 ans, qui n'était dans le cas d'aucune conscription, d'aucun appel de garde nationale et qui a été fait prisonnier au fort l'Ecluse, c'est ce que tout le monde accordera : mais que, dans la sédition de Gray, il ait fait éclater tant de zèle, qu'il ait joué un rôle si majestueux, qu'il ait sauvé le préfet et notre ville, c'est ce que nous admirons encore davantage !

« Les agens avaient fait entendre au préfet,
» selon leur usage, que le coup était monté
» par les royalistes : il donne dans le panneau,
» accorde toute confiance à ses oppresseurs et
» repousse ses défenseurs les plus zélés (p. 22) ».

Est-ce ma faute à moi, est-ce la faute des grenadiers de la garde nationale, de leurs officiers, et des autres bons citoyens qui ont secondé avec tant de zèle le maire de la ville pour sauver le préfet, et qui maintenant se voient poursuivis par des libelles diffamatoires et de ténébreuses délations ? Est-ce notre faute si le préfet a témoigné au sous-préfet de Gray son mécontentement, et lui a reproché de l'avoir abandonné ?

Après tous les forfaits des conjurés, je ne sais si je dois parler de quelques peccadilles, de quelques petites imputations qui ne sont que des ac-

cessoires plus ou moins plaisans de ce grand
acte d'accusation.

Tout le monde sait que la nouvelle de l'ar-
mistice nous servit beaucoup pour appaiser le
peuple. Les papiers publics annonçaient cette
heureuse nouvelle; mais le Moniteur avoit man-
qué. Eh bien! ce sont les conjurés qui avaient
supprimé le Moniteur. *On avait machiné avec
quelques commis des postes à Paris pour arrêter le Moniteur.....* Quel machiavélisme! en vérité, les *Catilina*, les *Bedmar* ne sont que des
enfans en comparaison des conjurés Gray-
lois (1)!

*Déjà environ deux cent cinquante maisons
étaient marquées à la craie noire.* Il n'y a ici
qu'une petite inadvertance : c'est que ce ne fut
que 10 jours après, à l'entrée des troupes alliées,

---

(1) Et en même temps, chose inouie, vit-on jamais des
conjurés plus balourds et plus stupides ! Quoi ! ils tiennent
pendant plusieurs jours, sous les poignards, ce préfet, ce général, ces royalistes qu'ils veulent égorger, au massacre des-
quels ils ont préludé par des réunions nocturnes et armées ;
ils les tiennent enveloppés par des milliers de séditieux, par
un peuple en furie ; et pourtant ce sont ces mêmes agens qui
s'exposent toujours, qui se mettent toujours à la brèche pour
les sauver, qui offrent pour eux leurs têtes aux faulx et aux
piques des furieux !

lorsqu'un allemand domicilié à Gray proposa
aux éclaireurs autrichiens de les mener au butin dans les meilleures maisons de la ville, et
que le peuple indigné fut au moment de mettre
en pièce ce bandit, ce ne fut, dis-je, qu'à cette
époque que l'on crut s'appercevoir que quelques maisons étaient marquées à la craie. Mais
sans doute, si l'on eût fait remarquer ce léger
oubli au moderne Salluste, à l'historien de la
grande conjuration, il auroit répondu comme
l'abbé de Vertot: *j'en suis fâché; mon siège
est fait.*

Autre petite inexactitude de notre *historien...*
Selon lui, c'est le 9 au matin que le maire
reconduisit le préfet à Vesoul (p. 29), apparemment pour faire entendre que les *agens* ont
retenu une journée de plus, *depuis le matin
jusqu'au soir*, le préfet *sous les poignards*; comme s'il n'était pas notoire, que c'est le 8 au matin
que je reconduisis le préfet à Vesoul.

Et puisque les *agens* sont obligés de parler
d'eux, ils osent dire que dans cette circonstance difficile, ils ont montré quelque prudence;
car tout le monde sait que si le préfet fût parti
avec la troupe de ligne, ou si l'on eût fait venir une troupe de ligne plus nombreuse pour
l'arracher aux séditieux, ou si le préfet eût re-

tardé son départ d'un seul jour, il est très-pro-
bable que le feu de la révolte n'aurait fait que
s'accroître, et eût peut-être embrâsé tout l'arrondissement.

Ce fut donc dans la matinée du 8, avec le
capitaine *Baudin*, dont la ville ne pourra jamais assez reconnaître les services, avec une
escorte composée de 25 grenadiers nationaux
et de 13 *hommes du port*, que je reconduisis le
préfet au chef-lieu du département; et ce jour,
malgré les cruelles persécutions que j'éprouve,
restera gravé dans le fond de mon cœur, comme
un des plus heureux jours de ma vie; c'est là
qu'est ma récompense; et les méchans ne peuvent me la ravir. (Voyez à la fin, note A.)

Enfin nous touchons à la catastrophe; voici
la conclusion de l'ouvrage de M. *Crestin*; voici
la scène sublime, incomparable, pour laquelle
il a fait jouer tant de ressorts; pour laquelle il
a élevé à tant de frais l'échafaudage de cette
grande conjuration.

L'historien devient orateur, et s'adressant
au collége électoral du département de la Haute-
Saône, après une vive peinture de tous les désastres de la patrie, *quel honneur pour le département, s'écrie-t-il* (p. 33), *si lorsque le Roi
n'était qu'à Cambray, et les armées alliées en-*

core sur la frontière, un député de la Haute-
Saône avait eu l'intrépidité de monter à la tribune et de prononcer... un discours d'une éloquence
irrésistible puisqu'il est de la façon de M. *Crestin!*
Croyez-vous, électeurs . continue-t-il (pag. 38),
que ce peu de mots (hélas ! c'est un verbiage de
2 pages), « *prononcés avec une fermeté sortie*
» *d'un grand caractère et d'un cœur noble.... ne*
» *nous auraient pas évité les maux incalcula-*
» *bles et d'une durée illimitée que nous éprou-*
» *vons aujourd'hui? Pensez-vous qu'ils n'au-*
» *raient pas immortalisé le département et son*
» *orateur...!!!... Les poignards, les baïonnettes*
» *étaient-elles à craindre? Belle excuse pour*
» *un législateur! Ciceron redouta-t-il ceux de*
» *Catilina et de ses complices* »? (p. 33.)

Mais hélas ! ce député magnanime, cet autre
Ciceron, n'a pas paru ; ce prodige d'éloquence
n'a pas été entendu, et la patrie est en proie aux
plus grands malheurs.

Rassurons-nous pourtant, quels que soient
ces nouveaux désastres, quelle que soit la dé-
tresse de la France, un nouveau prodige peut
la sauver. Que faut-il pour tirer la patrie de
l'abyme, s'écrie de nouveau M. *Crestin*, que
faut-il ? Rien qu'un petit *projet de loi en cinq*
articles. Ce petit projet de loi en *cinq articles,*

suffira pour rendre à jamais la France à la
tranquillité, à la prospérité, à l'estime et même
au respect des autres peuples (page 32).

« *Electeurs ! daignez aussi considérer*, con-
» tinue l'orateur (p. 33), *l'état de discrédit où*
» *est tombé notre département, par la nullité*
» *de ses députés ! Qu'ont-ils fait pour le dépar-*
» *tement, pour les individus, pour leur propre*
» *gloire? Vit-on jamais rien d'utile sortir de*
» *leurs têtes? Ils n'eurent jamais que de la*
» *probité....* (1) *!*

» *Deux seuls se sont distingués par le mérite*
» *oratoire de leur style et la force de leur*
» *caractère* ».

Deux seuls (2), *M. Muguet, de l'assemblée*
constituante, qui est mort, et *M.* CRESTIN,
de l'assemblée législative, qui est vivant.

Hélas ! les électeurs ont été sourds aux ac-
cens pathétiques de M. *Crestin*, insensibles à
un dévouement si beau !

O ingratitude ! ô aveuglement des hommes !
ô jour désastreux, que celui où l'on a rejetté

___

(1) On est plus sévère que M. *Crestin* ; on n'accorde pas à
tous la probité.

(2) *Voyez la note du libelle*, pag 33. M. *Crestin* est un
héros dans son genre : il a rayé de son dictionnaire le mot
d'impossible; il surpasse l'imagination.

des offres si généreuses, où l'on a repoussé le libérateur, le sauveur de la patrie, l'orateur dont la voix éloquente, *inspirée par un grand caractère, par un cœur noble*, eût immortalisé notre département ; le nouveau Ciceron, qui a découvert cette autre conjuration de Catilina, le Citoyen sublime, qui se présente aux électeurs, tenant à la main ce merveilleux petit projet de loi en cinq articles ; la panacée universelle, qui eût guéri tous nos maux ; le *baume* qui eût cicatrisé les plaies profondes de la France !

Eh ! qui méritait mieux que M. *Crestin, par son talent oratoire* (1), par *la force de son caractère*, par la ferveur et la pureté de son patriotisme, par l'immutabilité de ses principes, d'être chargé, en ces graves circonstances, de la haute mission de député ?

N'est-ce pas cet adorateur de Louis XVIII, ce prosélite ardent des défenseurs du trône qui, à l'assemblée législative, le vingt-un octo-

(1) Pour mieux faire sentir le mérite oratoire du style de l'auteur, citons encore quelques traits de son éloquence : « Les factieux, dit-il, dans sa brillante apostrophe aux électeurs, ressemblent à ces filles publiques qui, pour affecter quelque pudeur, se couvrent d'un voile ; mais sont enchantées qu'on leur fasse quelque violence, pour les en dépouiller ».

hre 1791 (voyez le *moniteur*), propose de faire
supporter aux émigrés une grande partie des
charges publiques ; qui réclame des mesures
contre les émigrés ? Et quelles mesures ! (voyez
note B.) N'est ce pas lui qui, le 14 septembre
1792 (voy. le *moniteur*), fait décréter que
l'émigration est une cause de divorce ; qui propose de sacrifier la morale et la nature à l'esprit de parti ; de rompre le lien sacré du ma-
riage, de séparer l'épouse de l'époux, parce qu'il
est émigré, parce qu'il est malheureux ?

N'est-ce pas lui qui, dans la séance du 25
juillet 1792 de l'assemblée législative, demande
que la conduite de Louis XVI et de ses ministres soit scrupuleusement examinée ; qui veut,
*par motion d'ordre relative aux dangers de la
patrie, que, toutes affaires cessant, on entame
la discussion sur les questions suivantes : Le
Roi, par sa conduite avant ou depuis la dé-*

Quelle gracieuse réminiscence ! on voit bien en quels lieux
l'auteur a enrichi son imagination, et quel est l'Hélicon où il
a cueilli les fleurs de sa rhétorique !

 « Je suis loin », dit-il dans son *adresse à ses concitoyens*,
l'an 1er de la république, page 3, ligne 13, « je suis loin de
« me dissimuler toute l'étendue du pouvoir de la calomnie,
« ce mercure des passions, et toute la force de son action dans
« le temps présent ». La calomnie, *le mercure des passions !*
on voit que l'auteur est tout plein de son sujet.

claration de guerre, s'est il mis dans le cas
D'ÊTRE CENSÉ AVOIR ABDIQUÉ SA COURONNE ?
Quels sont les ministres qui ont prévariqué ?
Quels sont les faits de prévarication dont ils
se sont rendus coupables (Voy. le moniteur).

N'est-ce pas lui qui, dans la séance du 31 août,
suite de la séance permanente de la journée du 10
août (voy. le *moniteur*), tandis que l'infortuné
Louis XVI gémissait dans la prison du Temple,
et que les cadavres sanglans de ses défenseurs
gissaient encore autour de son palais, présente
à l'assemblée nationale les adresses d'adhésion,
des autorités du district de Gray, aux décrets du
10 août, et s'empresse de servir d'organe à cet
hommage de leur *reconnaissance* et de leur
patriotisme (Note C).

N'est-ce pas lui qui, dans un temps d'horrible
mémoire, sous le règne de Robespierre, lorsque
la France ruisselait de sang, était couverte de
bastilles et d'échafauds, proclame, du haut de
la tribune de la société populaire de Gray, au
sein de sa ville natale, *avec une fermeté sortie*
d'un grand caractère et d'un cœur noble, cette
constitution de 93 enfantée par la révolution du
31 mai, le code de Robespierre (Note D)?

On croit le voir, affublé du bonnet rouge,
serrer dans ses bras, inonder des larmes de sa

tendresse , cet enfant de Robespierre , et le présenter au peuple , comme devant un jour, *quand*
la nature et l'éducation l'auront développé,
faire le bonheur de la grande famille.

On croit encore l'entendre *jurer de périr,*
plutôt que de signer une constitution qui ne serait pas républicaine.

On croit encore l'entendre préconiser les
hauts faits des révolutionnaires , préconiser
l'égalité la plus absolue, appeller Louis XVI,
cet excellent et malheureux prince, *un Tar-*
quin (Note E).

Et n'est-ce pas lui qui, à l'heureuse époque
de la restauration de la monarchie, en 1814,
se met à pleurer d'attendrissement « sur ce
» monarque dont le destin, la bonté, les vertus
» ne cesseront de lui arracher des larmes,
» et n'en suspend le cours qu'en pensant au
» bienfait du Juge suprême des Rois qui, par-
» donnant aux Français leurs abominables
» vertiges, a détourné sa foudre prête à les
» écraser, et leur a renvoyé l'auguste frère de
» leur victime, pour guérir les plaies qu'ils se
» sont faites, les réconcilier avec l'univers dont
» ils avaient provoqué la haine, et reconqué-
» rir le bonheur et la paix »? (*La vérité ré-*
tablie, p. 46.)

N'est-ce pas lui qui, dans la constitution que cet autre Montesquieu a bien voulu donner à la France, et où l'idée la plus neuve et la plus intéressante qu'on ait remarquée, est l'augmentation des attributions des sous-préfets, annonce *avec un sentiment céleste,* que Louis-le-Désiré *est le Messie que Dieu envoie à la France?* (Plan d'une constitution libérale, p. 2, 1814.)

N'est-ce pas lui qui, sous le gouvernement républicain, avec cette administration de la Haute-Saône qu'il préside, et sur laquelle il exerce encore plus d'ascendant *par son mérite oratoire et la force de son caractère* (1), que par sa présidence; n'est-ce pas lui qui proclame que l'arbre de la liberté, qu'on arrosait de sang et de larmes, est *le signe chéri des Français* (Note F)? Qui poursuit les royalistes (Note G), et jusqu'à ceux qui, pour inspirer des sentimens d'humanité et de pitié, dans ces temps d'horrible persécution, où les prêtres sont incarcérés, déportés, poursuivis comme

---

(1) On sait que M. *Crestin* s'attribue sans façon ces brillantes qualités (*pag.* 33 *du libelle*). Depuis qu'il a découvert aussi une grande conspiration, il s'écrie avec le consul de Rome :

Romains, j'aime la gloire, et je ne puis m'en taire.

VOLTAIRE, *Rome sauvée.*

des bêtes fauves, égorgés, faisaient lire un ouvrage intitulé : *Intention du Roi Louis XVIII,
sur le serment de liberté et d'égalité exigé des
prêtres* (Note H)? N'est-ce pas lui qui *embrasse
et active l'exécution de ces lois* de sang *contre
les émigrés et les prêtres, avec une célérité à
faire perdre haleine aux administrations secondaires* (Note I)? Qui veut que la garde nationale épie et cerne l'asyle, le dernier asyle où
des prêtres, où des émigrés ont pu se réfugier?
Qui veut que les agens municipaux fassent,
jusques dans l'intérieur des maisons, avec des
baïonnettes, la perquisition de ces malheureux
pour les arrêter, c'est-à-dire pour les livrer
aux tribunaux et aux supplices (Note K)?
N'est-ce pas lui qui, pour signaler son zèle et
terrifier les royalistes, s'écrie : que LE ROYALISME
EST AU TOMBEAU ; que LA HAINE DE LA ROYAUTÉ
est loyalement et universellement prononcée !

Et, encore une fois, n'est-ce pas lui qui maintenant, *avec un sentiment céleste,* adore *le
Messie que Dieu nous envoye* (1) *;* qui ne
pouvant suspendre le cours de ses larmes d'attendrissement, s'écrie : « Puisse ce nouveau
» Messie, Louis-le-Désiré, jouir au plus haut

_____

(1) *Vérité rétablie, p.* 47.

» degré de longévité , de cette céleste res-
» tauration (1) ».

Et sous le gouvernement républicain (2),
ne le voit-on pas se faire un titre de l'arrestation de trois émigrés normands renvoyés
au tribunal de leur pays pour y être jugés,
c'est-à-dire suppliciés (Note L)? De l'arrestation d'une dizaine de prêtres, lesquels ont été
livrés au tribunal chargé de l'application de
la loi, c'est-à-dire de les remettre au bourreau?
De la réclusion de quatorze autres *infirmes ou
sexagénaires, dont aucun n'a été remis en*

---

(1) Je n'ai pas besoin de dire que de si dégoûtantes adu-
lations ne peuvent atteindre le Roi. C'est un prince trop sage
pour ne pas être au-dessus de la flatterie. Il ne veut être loué
que par ses actions.

(2) A Dieu ne plaise que je confonde les hommes exaltés ou
même égarés, les hommes de bonne foi, avec les sycophantes
et les tartufes de la révolution ! A Dieu ne plaise que je confonde les principes de la révolution avec les horreurs qui l'ont
souillée. Je suis désolé d'être forcé de rappeler des souvenirs
amers qu'on voudrait ensevelir dans un éternel oubli ; mais
l'homme qui après avoir voulu me diffamer clandestinement
par un libelle anonyme, a l'impudeur de déclarer ensuite, en
face d'un tribunal, qu'il a envoyé ce libelle au gouvernement,
et se targuer même d'une sorte d'approbation de l'autorité; qui
ose, jusques dans le sanctuaire même de la justice, secouer les
brandons de la calomnie et de la discorde, un tel homme ne
me force-t-il pas de lui arracher son masque ?

liberté? Ne le voit-on pas se faire un titre de l'arrestation d'un capucin *qui a subi la mort;* revendiquer sa part du seul forfait révolutionnaire qui ait *ensanglanté* le département ; revendiquer sa part du sang de cet infortuné !

Ne le voit-on pas courir lui-même dans les cantons pour surveiller les diverses administrations, les stimuler contre ces malheureux prêtres (Note M.)?

Ne croit-on pas le voir avec une force armée sollicitée tout exprès, *balayer les prêtres du département,* comme de l'ordure (Note N)?

Et maintenant, dans un sens inverse, comme s'il lui fallait absolument des prêtres d'une opinion ou d'une autre à persécuter, il signale les prêtres *autrefois constitutionnels,* comme des ennemis de Louis XVIII (p. 10 du libelle). Il ose dire, en foulant aux pieds le cadavre d'un archevêque autrefois constitutionnel, *que sa mort est survenue en prêchant avec toute la fureur de la révolte, la croisade d'une levée en masse pour la défense de l'usurpateur!*

N'a-t-il pas solemnellement déclaré dans son adresse à ses concitoyens, *qu'il a fait l'exécrable serment de combattre de tout son pouvoir les Rois et la royauté?* (Voyez adresse de J. F. Crestin à ses concitoyens, page 51, ligne 18.)

Et

Et n'est-ce pas encore lui qui, après avoir
prêté tous les sermens qu'exigeait l'usurpateur
pour maintenir le plus exécrable, celui de haine
aux Rois et à la royauté (1), après avoir été
en qualité de sous-préfet (2), l'agent *de ce Na-*
poléon, devant l'éclat duquel s'est éclipsée la
gloire d'Auguste (3), et avoir ensuite cédé pru-

---

(1) *Le tyran déliait tous les sermens à son gré... Mais il*
maintenait de tout son pouvoir le plus exécrable, celui de
haine aux rois et à la royauté. (Voyez le libelle, page 7.)

(2) C'est pendant sa sous-préfecture qu'il eut déjà la gloire
de découvrir une conspiration à Gray. Peu-après l'évènement du
3 nivôse, an 8 , il fit venir à la sous-préfecture une douzaine
de ses compatriotes , comme les soupçonnant de complicité
avec les auteurs de cet attentat contre l'usurpateur. Ces
citoyens se rendirent à l'invitation qui leur fut faite par des
gendarmes. Il dressa procès-verbal de leur interrogatoire qui
fut signé par eux. On dit même qu'il poussa son zèle napoléo-
niste jusqu'à comprendre dans cette mesure deux de ses parens,
dont l'un était son beau-frère. Sacrifier à son maître les liens du
sang et la nature même , quel beau dévouement! Mais ce n'é-
tait là qu'un prélude , qu'un faible essai en comparaison de la
découverte de cette *fameuse* conjuration de l'usurpateur et de
ses complices de Gray !

(3) A la cérémonie solemnelle de la distribution des prix
du collège de Gray , M. *Crestin* père , comme sous préfet , *a*
prononcé un discours où il a retracé le règne brillant d'Auguste.
La comparaison des deux empires a amené la parallèle des
deux empereurs, et la gloire d'Auguste s'est éclipsée devant l'é-
clat de Napoléon. Voyez le journal administratif de la Haute-

4.

demment la place à son fils, mais lassé que tant *de mérite oratoire et de force de caractère* ne fussent pas employés d'une manière *utile,* suppliait Bonaparte *dans une humble requête,* lors de son retour de l'île d'Elbe, lorsque l'usurpateur ourdissait la grande conjuration, qu'il préparait cet immense pillage, cet épouvantable massacre, de l'employer encore comme juge d'instruction au tribunal de Gray (1) ?

Enfin (2), le collége électoral, ces électeurs

Saône, n° 8, page 3. M. Crestin observe judicieusement, page 5 de son libelle, que *l'usurpateur était rassasié de flatteries.*

(1) Hélas ! *en sujet fidèle de l'empereur et de son gouvernement, il ne demandait qu'une pauvre petite place de juge dans un tribunal inférieur, pour finir sa carrière au service de l'empereur.* Mais c'est en vain qu'il s'est prosterné aux pieds du faux dieu. Hélas ! *dans la fureur de ce bouleversement monstrueux, l'usurpateur,* dit M. *Crestin* (p. 5. de son libelle), *n'a pas voulu laisser seulement un Virgile pour s'entendre dire :* DEUS NOBIS HAEC OTIA FECIT *; car il était rassasié de flatteries et d'adorations.*

Monseigneur, il faut que je vive, disait un autre libelliste, l'abbé Desfontaines, au duc d'Orléans, régent. Je n'en vois pas la nécessité, répondit le prince.

Malesuada fames !

(2). Je pourrais citer mille autres traits ; la matière est inépuisable. Mais qui pourrait tout dire sans un mortel ennui ? Il ne faut pas qu'un panégyrique soit trop long.

si ingrats et si cruels, pouvaient ils douter du fervent royalisme d'un homme qui, après avoir avancé que *par son systême de dépossession absolue, l'usurpateur avait rallié sous ses aigles le tiers, au moins, des Français, et la plûpart des prolétaires* (pag. 30 du libelle), annonce que si 10 *Bonapartistes* seulement étaient admis dans la chambre des Elus , *l'arrêt de mort de la France....., le jour de sanglots , de larmes et d'horreurs ne manqueraient pas d'arriver.........* (id. p. 30) ? Pouvaient-ils douter de la sagesse, de l'esprit de paix et de concorde d'un homme, qui dans ces tems de dissensions déplorables, où il faudrait calmer les passions émues, et au lieu de ces réactions qui suscitent les réactions, de ces vengeances qui amènent les vengeances, élever un autel à la miséricorde, et invoquer sans cesse ces principes de modération et de justice qui seuls terminent les révolutions , semble appeller la proscription et la mort sur des millions de français . et signaler des millions de français comme des monstres à étouffer, des bêtes féroces à exterminer !

Que s'il entend par *Bonapartistes*, ces hommes qui , déshonorant le nom d'homme , ont successivement adoré et Bonaparte et chaque puissance dominante ; ces êtres dégradés , qui

ne sont pas même de bons esclaves, qui s'age-
nouillaient devant *Bonaparte*, après s'être age-
nouillé devant *Robespierre*; ces vils intrigans
qui apparaissent à toutes les crises de la révolution, tantôt un libelle et tantôt l'encensoir à
la main; ou ces hommes *sans humeur et sans
honneur*, qui vous déchirent en vous caressant,
qui vous embrassent pour vous étouffer, qui
versent le poison en riant; pour qui les sermens
sont un jeu, les opinions un calcul, les fonctions publiques un trafic, les noires calomnies
et les flatteries abjectes ou sacriléges, une spe-
culation; les anciens anarchistes; ces hommes
qui dans les maisons de jeu, les orgies nocturnes et les *Bacchanales* de la débauche ont
dévoré leur patrimoine, et qui n'ont d'espoir
que dans le bouleversement social, de ressource
qu'en dérobant, comme une dépouille et par
de lâches délations, quelqu'emploi qui leur
donne du pain; ou bien encore ces hommes
qui, semant de la même main le fiel de la calomnie et les étincelles de la guerre civile, lan-
cent un libelle au milieu de leurs concitoyens,
comme un brûlot incendiaire....... Ah! nous
sommes d'accord, et de pareils êtres doivent
tous également être repoussés par l'horreur publique.

Mais parmi tous ces hommes, il en est qui doivent échapper à l'indignation à force d'être ridicules; dont les libelles cessent d'être malfaisans, à force d'être plaisans..... Et sans doute je n'aurais pas dû prendre au sérieux, ce qui n'est au fond qu'une facétie très-divertissante.... Quand le méchant, semblable à cet insecte qui meurt de son propre venin sur la blessure qu'il a voulu faire, s'immole lui-même à la risée publique, quel autre sentiment reste-t il que la pitié? J'aurais dû commencer par rire.... Mais on pardonne à l'homme de bien outragé la colère de la vertu; et sans quelqu'amertume, il ne me serait resté que le dégoût. Finissons donc par rire, ô mes amis! et soyons justes. N'est-ce pas un service, un dernier service que M. *Crestin* a voulu rendre à la société? N'a-t-il pas voulu flétrir, souiller le vice même, et nous dégoûter pour jamais des viles délations et de la tartuferie révolutionnaire, en soulevant tous les cœurs, en appellant sur toutes les bouches le rire et le sarcasme? Il a vu les Français autrefois si brillans de gaieté, s'envelopper des nuages de la mélancolie, et tomber dans le *Spleen* Anglais; eh bien! il nous amuse par ses pamphlets innocens....; il nous fait rire par des scènes grotesques....; il réveille la gaieté

française.... Les Rois les plus sérieux n'avaient-
ils pas jadis pour se divertir des fous en charge
à leur cour? Le rire est une si bonne chose,
qu'il ne faut pas y regarder de si près ; et comme
ce médecin de Paris disait à ses malades, quand
il voulait désopiler leur rate, *allez voir Domi-
nique* (1); on dira désormais : lisez les *pamphlets* de M. *Crestin.*

_____

(1) Fameux arlequin.

NOTES.

(NOTE A.)

M. DE S. CÉRAN m'a comblé de témoignages d'une excessive reconnaissance. Avant le libelle, je n'avais pas fait lire à un seul de mes amis une ligne des lettres trop honorables qu'il a bien voulu m'écrire, ainsi que madame de St. Céran. Mais si l'on songe que tout le monde n'a pas eu ma conduite sous les yeux, et qu'après avoir été calomnié au loin et noirci par un affreux libelle, je suis dénoncé au Gouvernement, on me pardonnera de citer les premières lignes de ces lettres infiniment trop flatteuses.

« Monsieur,

» Je vous dois la conservation des jours de
» mon époux !..... Mes enfans vous doivent leur
» père ! .... Quelles expressions pourraient rendre
». dignement le sentiment de reconnaissance dont
» mon cœur est pénétré !....... celui de l'admira-
» tion profonde qu'inspire l'héroïsme de vos ra-
» res vertus, d'un dévouement aussi noble, aussi
« touchant !..... etc. »

« Monsieur,

» Je viens me joindre à mon épouse, à mes en-

» fans, pour vous offrir en famille le juste tribut
» d'admiration que méritent vos rares vertus, et
» l'hommage de la reconnaissance la mieux sentie
» pour les témoignages touchans de dévouement
» dont vous m'avez comblé. Comme moi, Mon-
» sieur, ils n'oublieront point que c'est à votre
» prudence, à votre sagesse, à votre courage hé-
» roïque, que je dois la conservation d'une exis-
» tence consacrée à leur bonheur et à la reconnais-
» sance. Votre nom sera pour eux un objet de vé-
» nération, etc. »

(N O T E B.)

Voici quelques traits de cette motion *énergique*
contre les émigrés.

« Un homme est libre d'aller où il lui plaît ; mais
« cependant s'il est prouvé qu'il va en assassiner
« un autre, on l'arrête ; et s'il n'est que soupçonné,
» la police le suit et le surveille. A plus forte rai-
« son si une grande quantité de citoyens, ont quitté
« leur patrie dans le dessein de la trahir avec
« un esprit de rebellion, dans la vue de lui susci-
« ter des guerres intérieures ou extérieures , la
« nation peut et doit faire une loi de surveillance.

. . . .

» J'entends les temporiseurs se retrancher sur
» la force de la nation, sur son bon état de dé-
» fense, sur l'impossibilité morale de la soumettre

» à un nouvel esclavage. Je sais parfaitement bien
» que ni le nombre, ni le courage de nos ennemis,
» quand on leur ferait la grâce de leur en supposer,
» ne nous empêcheraient d'être victorieux ; mais
» qui est-ce qui ignore les malheurs même que
» les victoires traînent à leurs suites ? Quel est le
» législateur capable d'imposer silence à son hu-
» manité, au point d'exposer la nation qu'il re-
» présente, à en courir les terribles hasards ?

» Examinons rapidement l'espèce, le caractère
» moral et la conduite de ces fugitifs.

» *L'espèce*. Ce sont des ci-devant nobles, des
» ci-devant officiers au parlement, des prêtres ré-
» fractaires, et depuis peu des ci-devant roturiers
» riches qui, sur le point de s'anoblir par quel-
» qu'office, à l'époque de la vénalité, se ran-
» geaient, par anticipation, dans l'ordre de la ci-
» devant noblesse. Insensés qu'ils sont....!» (Si
M. *Cretin* a eu jadis quelque velléité de se ranger
par *anticipation*, dans la noblesse, il était trop
habile homme pour *l'acheter.*)

» *Le caractère moral*. Ce sont tous des fugitifs
» portés par les mêmes préjugés, traînés par l'or-
» gueil, bercés par les mêmes espérances, soute-
» nus par la même opiniâtreté ; ce sont les enne-
» mis les plus implacables de la révolution, de
» notre liberté.

» Les agitations malheureusement nécessaires
» d'un peuple *s'élevant aux délices de la liberté,*

» ont pu les frapper de terreur ; mais sont-ils ex-
» cusables d'avoir résisté et de résister encore à la
» sauve-garde, à la protection loyale, que ce bon
» peuple, grand dans ses pardons *comme dans ses*
» *vengeances*, ne cesse de leur assurer ! *Sont-ils*
» *excusables d'avoir induit le Roi à la plus fausse,*
» *à la plus dangereuse démarche*»? (Ce malheureux
Roi qui, *au dix août*, journée préparée par les attaques plus ou moins directes des factieux de l'assemblée législative, devait être détrôné, emprisonné,
pour être traîné de sa prison à l'échafaud !) « Le
» sont-ils de former des rassemblemens sur nos
» frontières ? *Le sont-ils de mendier des secours contre*
» *leur patrie, près des despotes de l'Europe entière ?*
» Sont-ils excusables de séduire, de tromper, de
» corrompre des citoyens paisibles ? Si c'est un
» grand crime, qui doute qu'il ne soit dans les
» vrais principes de les punir, lorsqu'il sera prouvé ?
» Qui doute que ce ne soit un paradoxe de pré-
» tendre qu'une nation doive préférer de faire *une*
» *guerre régulière* contre des rebelles ? Toutes les
» maximes du droit des gens et de la saine poli-
» tique, lui font un devoir *de les punir et non de*
» *les combattre.* . . . .

. . . .

» Il n'est plus temps de dissimuler : il faut que
» nous sachions non-seulement tous les projets,
» mais encore toutes les pratiques de la conspira-
» tion formée par les émigrés. . . . .

» *On accorde des encouragemens aux arts ; ce*
» *moyen cesserait-il d'être moral, lorsqu'il s'agit du*
» *salut public ? Je ne le pense pas : ainsi, je propose*
» *qu'il soit décrété une récompense nationale aux*
» *citoyens qui découvriront et fourniront des preuves*
» *de la conspiration dont il s'agit* ». . . . . . .

. . . .

O merveilleuse conception ! idée neuve et profonde, échappée aux Tibère et aux Robespierre !
Elever au rang des beaux arts, l'art de la délation !
Invoquer, dans le sanctuaire même de la liberté
publique, des récompenses nationales pour les dé-
lateurs ! Quel admirable *artiste* n'est donc pas un
tel artisan de délations et de discordes ! Combien
par un tel raffinement, ne se met-il pas au-dessus
des plus fameux inquisiteurs ! Et pour le récom-
penser d'avoir découvert la grande conspiration,
d'avoir découvert parmi ses concitoyens, tant
d'agens de massacre et de brigandages, quel magni-
fique trophée, quelle récompense nationale ne
doit-on pas lui décerner ?

Mais ce vertueux citoyen, ce génie inventif et
profond, était destiné à nous faire passer de surprise en surprise...... Ne s'est-il pas élevé dans la
suite, à une idée plus sublime et plus morale encore, que celle de mettre au rang des arts, la délation ? N'a-t-il pas découvert que la calomnie est
utile et même *nécessaire ?* N'a-t-il pas publié cette

étonnante découverte , dans une *adresse* à ses concitoyens (1) ?

« La calomnie », dit-il, *page 7 de cette adresse,*
ligne 14 , « est le levier commun à toutes les
» passions qui entrent *dans les combinaisons révo-*
» *lutionnaires.* Les tribuns romains en firent plus
» d'une fois *un merveilleux usage. Elle est en révolu-*
» *tion ce que les poisons sont en médecine. Elle donne*
» *l'éveil aux individus , comme les poisons préparés*
» *causent de salutaires irritations aux malades. Le*
» *calomniateur est nécessaire dans les révolutions ,*
» *comme le bourreau l'est à la justice* ».

Il ne reste plus qu'à croiser les mains d'admiration.... A coup sûr , personne au monde n'a
mieux approfondi, ne possède mieux et la théorie
et la pratique de la calomnie. Personne , même
à remonter jusqu'aux tribuns romains, n'en fit
jamais *un plus merveilleux usage !*

Revenons à nos émigrés. « Une foule de mé-
» contens et de traîtres , dit M. *Crestin* dans
cette même adresse , *page* 18 , « passaient aux
» frontières , et allaient , disait-on, former un
» corps d'armée à Worms et à Coblentz , sous
» les bannières des ci-devant princes français....
» On ouvrit des discussions sur les mesures à
» prendre contre les emigrés..... J'obtins la pa-

---

(1) Adresse *de J. F. Crestin* , ex-député à l'assemblée nationale , etc. , à ses concitoyens.

» role.... Chacun sait que je ne flattai point CES
» HOMMES ABOMINABLES, portés à la révolte par
» l'orgueil, peut-être plus que par l'intérêt.....
» Beaucoup de projets de décrets, indépendam-
» ment du mien, furent renvoyés au comité de lé-
» gislation, qui présenta celui qui fut adopté.... le 9
» novembre ». (Voyez le Moniteur : c'est ce fameux décret *de mort* contre les princes français et
les autres émigrés qui ne seraient pas rentrés au
premier janvier 1792.)

« J'opinai pour ce décret, *quelque sévère qu'il*
» *parût à une grande partie de l'assemblée.*

» *Les frères et les parens du ci-devant Roi, furent*
» *décrétés d'accusation à l'unanimité* ».

M. *Crestin* ne calomnierait-il pas l'assemblée ?
L'amendement portant que tous les princes français qui ne seraient pas rentrés dans le royaume
au premier janvier 1792, seront réputés prévenus d'attentats et de complots contre la sûreté
générale, et mis en état d'accusation : amendement
proposé par un des plus affreux révolutionnaires,
par le sanguinaire Couthon (1), ne passa point à
l'unanimité. (Voyez le Moniteur.) Au reste, M.
Crestin a grand soin d'avertir qu'il opina pour le

_____

(1) C'est cet amendement qui forma l'article 3 additionnel
du décret du 9 novembre, portant que les princes français qui
ne seront pas rentrés au premier janvier 1792, seront déclarés
coupables de conjuration, poursuivis comme tels, et punis de
mort.

décret du neuf novembre , quelque sévère qu'il
parût à une grande partie de l'assemblée ; qu'il
opina pour que *les frères et les parens du ci-devant
Roi fussent décrétés d'accusation*. Il ne veut absolument pas qu'on l'oublie (1).

« Le ci-devant Roi refusa de sanctionner le
» décret. *Il se permit* de motiver son refus de
» sanction, dans une proclamation qu'il fit afficher
» le 12 novembre ». (Voyez au n.º 318 du Moniteur, cette touchante proclamation, où l'infortuné Louis XVI témoigne que des moyens de douceur et de persuasion seraient plus propres à ramener dans leur patrie, des hommes que les divisions politiques , les querelles d'opinions, en ont
principalement écartés , et que plusieurs articles
rigoureux du décret lui paraissent ne pouvoir
pas compatir avec les mœurs de la nation et les
principes d'une constitution libre).

« On éleva la question de savoir s'il avait le
» droit de motiver son *veto* sur les lois qu'il refu-
» sait de sanctionner. Je fus un des premiers à me
» déclarer contre cette atteinte de sa part à la
» constitution ; et si la question eût été discutée,
» j'étais tout préparé à prouver que le droit de

(1) Un des plus grands républicains , Condorcet , voulait
qu'on distinguât les émigrés en deux classes, et ne demandait
la peine de mort que contre ceux pris les armes à la main.
(V. n° 299 du Moniteur, séance du 26 octobre 1791.)

» motiver un *veto*, n'était qu'une usurpation ré-
» prouvée par l'esprit de l'acte constitutionel, etc.».

Ainsi M. *Crestin* se tenait *tout préparé* à prouver que ce Monarque infortuné, *en se permettant*
de motiver son refus de sanctionner un décret qui
proscrivait ses frères et ses parens, s'était rendu
coupable *d'une atteinte à la constitution*, *d'une usurpation réprouvée par l'acte constitutionel*. Le fameux
Couthon aurait-il pu pousser l'acharnement plus loin ?

Voici maintenant un petit extrait *de l'exposition
des motifs d'après lesquels l'assemblée nationale a pro-
clamé la convocation d'une convention nationale, et
prononcé la suspension du pouvoir exécutif dans les
mains du Roi.*

« L'assemblée nationale a cru devoir réprimer les
» émigrés et les prêtres factieux, par des décrets
» sévères, et le Roi a employé contre ces décrets
» le refus suspensif de sanction que la constitution
» lui accordait. Cependant ces émigrés, ces prêtres
» agissaient au nom du Roi. C'était pour le rétablir
» dans ce qu'ils appellaient son autorité légitime...
» *Ces émigrés étaient les frères du Roi, ses parens,*
» *ses courtisans, ses anciens gardes (pag. 2).*

Exposition des motifs etc., imprimée par ordre de
l'assemblée nationale, à Paris, de l'imprimerie
nationale, 1792.

Signé GUADET, *président*; GOUJON, G. ROMME;
MARANS, CRESTIN, ARENA, LECOINTE-PUIRAVAUX,
secrétaires.

Ces noms sont connus. On voit que le bureau de l'assemblée nationale, lors de la catastrophe du dix août, était soigneusement *composé*.

(N O T E C.)

Ecoutons M. *Crestin*, dans son adresse à ses concitoyens:

« J'avais provoqué, dès le 25 juillet, l'examen
» de la conduite du ci-devant Roi et de ses minis-
» tres; j'avais proposé, non pas simplement de le
» suspendre, mais de le décheoir du trône, si d'a-
» près un rapprochement des faits à sa charge, l'as-
» semblée le reconnaissait perfide : elle était très-
» compétente pour prononcer cette déchéance,
» quoi qu'en aient dit Brissot, Vergniaux, Con-
» dorcet, etc. ». (*Adresse de J. F. Crestin, ex-député, à ses concitoyens, pag.* 51.)

On voit que M. *Crestin* allait beaucoup plus loin que les plus fameux républicains, les Brissot, les Vergniaux, les Condorcet, etc. auteurs connus du 10 *août*. « Pouvais-je faire plus ? Et si, comme on
» le dit, le projet du ci-devant Roi était à la jour-
» née du 10 août, de se défaire des députés qui lui
» déplaisaient, croira-t-on que, d'après ma propo-
» sition du mois de juillet, de lui ôter la couron-
» ne, s'il s'était mis dans le cas de la perdre, je
» n'eusse pas été la première victime de *ses satel-
» lites* » ? (*pag.* 52.)

« Je crois inutile, citoyens, de vous entretenir
» de mes opinions politiques qui ont suivi la jour-
» née du 10 août jusqu'à la fin de la session. Elles
» ont toutes tendu aux mesures les plus sévères et
» les plus efficaces pour la découverte et la puni-
» tion des coupables. J'ai fait, comme tous mes
» collégues, le serment *de maintenir la liberté et*
» *l'égalité, ou de mourir en les défendant....* J'ai fait
» celui *de combattre de tout mon pouvoir les Rois*
» *et la royauté* (1) ». (pag. 51.)

« Après la fameuse journée du 10 août, après
» la suspension du chef du pouvoir exécutif, la
» Fayette a osé résister *à la volonté nationale*, ex-
» primée par les décrets des représentans du peu-
» ple. Il a osé se porter à des attentats contre des
» commissaires de l'assemblée, soulever un dépar-
» tement entier, et entreprendre, par l'appareil de
» la révolte et de la guerre civile, la résurrection
» d'une constitution répudiée, et *d'un trône souillé*
» *par les plus insignes perfidies.* C'était, de la part
» de la Fayette, donner à penser *qu'il les a parta-*
» *gées....* En conséquence je votai.... pour le dé-
» créter d'accusation, confisquer ses biens, pros-
» crire à jamais son nom. Je fus même de l'avis,
» qui ne passa pas, *de mettre sa tête à prix.* (p. 51.)

---

(1) M. *Crestin* a mis ces mots en lettres italiques dans son
adresse, pour les faire mieux ressortir. Il a voulu graver son
serment au temple de l'immortalité.

5.

» Pour ne plus revenir sur les ministres, je dois
» observer.... qu'il n'en est pas un seul de ceux
» qui ont été décrétés d'accusation, contre lequel
» je n'aie voté ». (*pag.* 20)

Enfin, selon *l'exposition des motifs de l'assemblée
nationale*, que M. *Crestin* a signée comme secrétaire,
« la suspension des pouvoirs que la constitution a
» conférés au Roi a paru aux représentans du peu-
» ple le seul moyen de sauver la France et la li-
» berté. En prononçant cette suspension néces-
» saire, l'assemblée nationale n'a point excédé ses
» pouvoirs. (*pag.* 14, etc., etc., etc.)

Nous venons de voir M. *Crestin* peint par lui-
même; nous venons de voir quel rôle il a joué
avant le dix août, et jusqu'à la fin de la session.
Eh bien! voilà qu'au moment de la première restauration, M. *Crestin*, comme par un coup de ba-
guette, subit tout-à-coup la plus merveilleuse mé-
tamorphose.

Regardez-le dans le miroir magique de *la vérité
rétablie sur le dix août*, pamphlet qu'il fit paraître
en 1814; le voilà qui dans cette même assemblée
législative, lors de cette même révolution du 10
août, est devenu le plus ardent défenseur du trône!

Ces mêmes décrets du 10 août ne sont plus que
des actes odieux, monstrueux, des rafinemens de
barbarie, etc. (1) L'entendez-vous prononcer dans

-----

(1) « Ces fameux décrets du 10 août », dit-il *p.* 23—25.

cette même séance du 25 juillet un discours dont
chaque expression fait un parfait contraste avec
celui qui est rapporté au moniteur? (*Voyez son
pamphlet page* 7, *et son discours au n°* 208 *du moniteur.*)

Ce n'est plus cet homme qui, laissant bien
loin derrière lui les plus fougueux jacobins, pré-
tendait que l'assemblée était très - compétente
pour prononcer la déchéance ; qui parlait *des soup-
çons et des justes inquiétudes du peuple....* (Voyez le
Moniteur.) Non, non, dans cette même séance,
il ne parlait que *de maintenir le caractère sacré et
inviolable du Roi, de lui rendre sa dignité, le repos
et le bonheur.* (Voyez pag. 7. du pamphlet.)

Tout-à-l'heure il se vantait d'avoir prêté comme
ses collégues, le serment de maintenir la liberté
et l'égalité, ou de mourir en les défendant ; et
l'exécrable serment de combattre les Rois et la
royauté.

---

vérité rétablie : « ces décrets de suspension provisoire du chef
» du pouvoir exécutif, d'organisation d'un autre ministère, de
» rélégation du Roi et de sa famille, d'abord dans l'enceinte de
» l'assemblée et de là au Luxembourg , etc., etc., avaient été
» préparés et délibérés d'avance aux clubs des jacobins et des
» Cordeliers; l'usurpation de l'autorité royale, sa transmission
» à une convention nationale, l'anéantissement du monarque
» et de la monarchie, l'organisation de la plus cruelle anar-
» chie sous les couleurs d'une démagogie dégoûtante, ne pou-
» vaient être *plus à découvert que dans ces actes monstrueux,*
» etc. etc. ».

Eh bien! encore une fois, regardez-le dans le miroir de la *vérité rétablie*....... Le voilà qui dans cette même séance, se dispense adroitement, avec les fidèles au Roi et à la royauté, de tout signe d'adhésion (1).

Vous allez bientôt entendre M. *Crestin*, dans cette même adresse où il peint si bien sa conduite législative, traiter Louis XVI de *Tarquin*, vanter les mesures si *promptes*, si *terribles*, si *efficaces*, que le peuple Français a prises contre *son Tarquin*.

Eh bien! reportez les yeux sur le miroir enchanté de la *vérité rétablie*..... Le voilà qui s'attendrit, qui prend dans ses bras l'enfant des Rois, qui, à la vue de l'infortuné monarque, ne peut suspendre le cours de ses larmes! .... (Voyez pages 13, 15, 46, etc. du pamphlet.)

O prestige de l'éloquence! ô merveilleuse transformation !

_____

(1) « Duhem fit la motion de changer la formule du serment
» des députés, et d'en prescrire un où il ne fut plus question
» *du Roi*, de la *constitution* ni de la *loi*. On prescrivit celui-ci :
» au nom de la nation, je jure de maintenir de tout mon pou-
» voir la liberté et l'égalité, ou de mourir à mon poste. Il fut
» prêté en masse, *excepté par les fidèles au Roi et à la royauté*;
» mais comme les présens étaient en petit nombre, et que les
» incidens se succédaient avec une rapidité incroyable, on ne
» fit pas attention à ceux qui ne levèrent pas la main. J'avais un
» avantage comme secrétaire; j'écrivais continuellement, de
» manière que j'étais dispensé de tous les signes extérieurs
» d'adhésion ». (*VÉRITÉ RÉTABLIE*, page 22.)

Oui, la veille encore du jour où il fulminait ses terribles motions contre les émigrés, où il reprochait au Roi *les plus fausses, les plus dangereuses démarches*; la veille encore du jour, où, par sa motion du 25 juillet, *soit zèle irréfléchi, soit contrainte* (voyez page 20 du libelle), il préludait *à la scène tragique* du 10 août; où il présentait l'hommage des autorités et leur adhésion aux decrets du 10 août; où il signait *l'exposition des motifs* de l'assemblée; oui, ce pauvre M. *Crestin* se sacrifiait, hélas! pour la défense du trône; il se perdait par son zèle; ses amis ne pouvaient le retenir!

» J'observe, dit-il (*page* 33 *de la vérité rétablie*),
» que je leur ai constamment montré, (aux fac-
» tieux de l'assemblée qui ont amené le 10 août) et
» en toutes occasions un front inaltérable, une fran-
« chise dont je n'ai jamais calculé les dangers. Mes
» amis me taxaient d'imprudence, de témérité. Hé-
» las! leur répondais-je, que ne pouvons-nous comp-
» ter dans Paris dix mille téméraires de mon es-
» pèce! le Roi et la patrie déchirée seraient bien-
» tôt sauvés! — J'avais modelé mon *énergie* sur celle
» de cinq de mes collégues, hommes du premier
» mérite, (ses rivaux en talens) et, (après en avoir
» fait le plus brillant éloge) l'un, (dit-il naivement)
» est aujourd'hui conseiller d'état, directeur gé-
» néral de la police; l'autre est aujourd'hui con-
» seiller d'état, directeur général des manufactures
» et du commerce; celui-ci est aujourd'hui pair

» de France ; celui-là est aujourd'hui ministre d'état
» et pair de France ».

O Molière! Molière! ...... le *tartufe* passait pour
un chef-d'œuvre inimitable. Eh bien ! par un coup
de génie, M. *Crestin* l'a surpassé.

(NOTE D.)

Ecoutons M. *Crestin* à la tribune populaire de 93.

« CITOYENS,

» Un peuple agité depuis quatre ans par l'amour
» le plus ardent de la liberté, éclairé par les lu-
» mières de la philosophie, dégagé des chaînes dans
» lesquelles il a langui pendant quatorze siècles ,
» est parvenu à rassembler les bases d'un code so-
» cial qui consacre son indépendance et l'exercice
» absolu de sa souveraineté.

» Pour arriver à cette impérissable compilation,
» IL LUI A FALLU FOUDROYER LA ROYAUTÉ *par deux*
» *révolutions teintes de son sang*, y consumer une
» grande partie de ses trésors, braver les armées
» des Rois de l'Europe coalisée, et faire rentrer
» dans la poussière *leurs esclaves désespérés....* Le
» peuple sans doute a besoin de quelque repos. Il
» ne peut le trouver que dans un pacte social quel-
» que imparfait qu'il soit, pourvu que le pacte rem-
» plisse *le premier de ses vœux, qui est de vivre sous*
» *un gouvernement républicain....* En moins de quatre
» *années*, TOUS LES TYRANS INTÉRIEURS DISPERSÉS,

» BANNIS OU LIVRÉS AU SUPPLICE DU A LEURS CRI-
» MES ; *tous les tyrans étrangers défiés par onze ar-*
» *mées à la fois ; tous les rebelles cernés en un coin*
» *d'où il leur est impossible d'échapper ; l'Europe*
» *étonnée étudiant, au grand désespoir des despotes,*
» *la théorie de leur chute. Peuple, voilà ta grandeur,*
» *ta puissance, ton ouvrage.* Mais sache que pour
» rendre ta liberté durable, tu n'as pas une course
» moins longue et moins pénible à faire que celle
» que les Rois entreprennent pour fonder, con-
» solider ou étendre leur despotisme ! Considère
» que pas un d'eux n'aurait réussi à ce jeu bar-
» bare, dans les siècles mêmes les plus ténébreux ,
» s'ils eussent voulu consommer leurs conquêtes sur
» l'humanité, dans un espace de temps aussi court
» que celui que tu as mis à la venger de leurs for-
» faits ! . . . .
» J'estime donc que la France, *sans rien perdre*
» *de son enthousiasme révolutionaire*, peut se re-
» poser un moment de ses travaux passés , pour
» être plus disposée à pousser à leur perfection ceux
» que la consommation de la révolution lui com-
» mande. Qu'elle contemple un instant *l'objet de*
» *ses vœux, cette constitution républicaine à laquelle*
» *elle a donné le jour, en renversant tous les obstacles.*

  » Il ne s'agit pas d'examiner si cette constitution,
» enfantée au milieu d'orages violens et de con-
» tradictions perfides, est accomplie. Une mère sen-
» sible serre dans ses bras, inonde de larmes de sa

» tendresse l'enfant qu'elle vient de mettre au
» monde, sans observer les traits de sa figure, et
» sans s'inquiéter des défauts que l'âge développera
» en lui. Il lui suffit d'avoir produit un individu con-
» forme selon son attente ; elle laisse à la nature
» le soin de fortifier sa complexion et de régulariser
» ses traits ; et à l'éducation, celui de former son
» caractère pour le bonheur de sa famille ». (O la
charmante image ! on voit que l'orateur était at-
tendri.) « Telle doit être l'image d'une nation qui
» voit enfin sortir laborieusement du chaos des
» préjugés et de l'abyme de l'oppression, la charte
» de ses droits, le rudiment de sa liberté, le gage
» de son bonheur..... *Cette constitution est-elle ré-*
» *publicaine ? est-elle populaire ? est-elle démocra-*
» *tique ? C'est cet ensemble seul qui doit être consi-*
» *déré.....* Les droits de l'homme et du citoyen tra-
» cés avec le compas de la sagesse, par les mains
» de la morale et de la nature, etc.... » (le compas
de la sagesse entre les mains sanglantes de Robespierre !) « *La guerre éternellement déclarée aux ty-*
» *rans.* Les contributions mesurées sur les besoins ;
» leur poids fixé sur le riche, à l'acquit du pauvre. Le
» droit de pétition et de former des sociétés (popu-
» laires) garanti ;.... la souveraineté des assemblées
» primaires érigée en principe. Telle est en subs-
» tance la constitution qui vous est offerte. Jamais
» république ne fut fondée sur des bases plus solides,
» parce que ce sont celles qui conviennent au plus
» grand nombre. . . . .

» Telle est l'opinion d'un homme....... qui péri-
» rait plutôt que de signer une constitution dont
» une seule base laisserait les moyens d'altérer la
» liberté, l'égalité, et la gloire *de la république.*

*(Opinion prononcée par un membre de la société
des amis de la liberté, de l'égalité et de la république
séant à Gray, et adoptée par cette société le 7
juillet 1793, second de la république française, sur
la nécessité d'accepter la constitution présentée au
peuple par la convention nationale.)*

Signé, CRESTIN.

Tout le monde sait que M. *Crestin* était le fon-
dateur et le coriphée de la société populaire de
Gray ; et qu'on n'aille pas dire que sa passion pour
les sociétés populaires, pour ces aimables filles de
la société mère des jacobins, s'est réfroidie.

Ecoutons le :

« J'ai bravé les sabres de deux régimens suc-
» cessivement en quartier à Gray », (les sabres de
deux régimens, quel héroïsme!) « et les calem-
» bourgs de tous les *aristocrates* dont cette ville
» était peuplée au mois d'avril 1791 », (on voit qu'il
y a long-temps que M. *Crestin* brave les calem-
bourgs) « pour y former la société populaire... que
» j'eus l'honneur de présider le premier. Après
» *une telle épreuve*, et les explications que je viens
» de donner, ne serait-il pas plus qu'absurde de
» me soupçonner d'un *réfroidissement* pour elle,
» et *d'avoir été capable de suspendre un instant mon*

» *admiration pour les travaux patriotiques de toutes*
» *ses rivales en zèle et en sagesse* » *?* (Adresse de
Jean-François *Crestin* à ses concitoyens, l'an 1er de
la république française, page 28.)

Il est vrai que maintenant, M. Jean-François
Crestin, avec un généreux courage jette le gant aux
anciens anarchistes (page 6 du libelle), *nés tels*, (ce
qui est difficile à comprendre) *ou devenus tels dans
les clubs d'autrefois....* Autre temps, autres mœurs...
Il veut que l'usurpateur ait *recréé les clubs sous le
nom de fédérations, pour y professer la doctrine du
jacobinisme.* (pag. 15 et 6.)

N'allons pourtant pas croire si lestement que M.
Crestin soit infidèle à ses anciennes amours...; qu'il
ait été capable de suspendre un instant sa tendre
admiration.... Ne s'était-il pas affilié à ces prétendus clubs ressuscités ? ..... On voit bien que c'est la
comédie des fausses infidélités.

Quis tulerit Gracchos de seditione quærentes !

(*JUVENAL*).

(N O T E E.)

« Ce qui s'est passé en France depuis le 14
» juillet 1789, jusqu'au 20 septembre 1792 inclu-
» sivement, est, à quelques transpositions près,
» l'imitation de ce qui est arrivé à Rome, depuis
» l'exil des Tarquins, jusqu'à l'avènement des plé-
» béiens au consulat. Ce que le peuple a fait à

» Rome en cent quarante-deux ans, le peuple
» français l'a réalisé dans le court espace de trois
» années. Comment y serait-il parvenu, sans le
» secours de commotions infiniment plus violentes
» et plus rapprochées? Aussi le peuple français ne
» s'est pas amusé à exiler son Tarquin, ni à se reti-
» rer sur le mont sacré ou sur le mont Aventin, pour
» écraser l'aristocratie ; il a pris des mesures plus
» promptes, plus terribles et plus efficaces.

   » Instruits par les lentes fautes des Romains, les
» Français ont fort bien vu que l'exil d'un Roi et
» les négociations avec les aristocrates ou patri-
» ciens, ne pouvaient jamais aboutir qu'à des demi-
» révolutions, dont l'instabilité est une pepinière
» de crimes et de malheurs ; dont la fin est sou-
» vent la servitude, et dont le moindre inconvé-
» nient est de laisser la liberté dans un état conti-
» nuel de chancèlement, parce qu'une demi-révo-
» lution n'établit pas un niveau parfait entre les
» citoyens (1), et qu'il ne peut y avoir de liberté
» solide, sans l'égalité la plus absolue. L'assemblée
» constituante a bien négligé ce principe (2) ».

---

  (1) Marat et ses sectateurs ne voulaient que le nivellement.
(*Pag.* 30 *du libelle.*)

  (2) Ceci est encore extrait de l'adresse de Jean-François
Crestin, ex-député à l'assemblée nationale, à ses concitoyens;
30 octobre 1792, l'an 1er de la république française. (pag. 6.)
  C'est ce que M. *Crestin* appelle un ouvrage de circonstance:
il est vrai qu'il ne pouvait venir plus à propos.

O la belle profession de foi politique ! Voyons avec quelle sagacité philosophique , M. *Crestin* fait l'apologie des horreurs de la révolution ! avec quelle adresse il passe l'éponge sur ces taches de sang que toutes les eaux de l'Océan , comme dit Sakespéare , ne pourraient laver.

« Le laborieux passage d'un peuple , d'un régime
» despotique , à un régime populaire , est un mou-
» vement qui s'irrite de la moindre réaction , et
» dont la roideur est incalculable. Il est *de son*
» *essence*, que les plus petites comme les plus
» grandes passions , y jouent leur rôle. Sans *ce*
» *jeu* effrayant , sans cette terrible *harmonie*, que
» *l'ignorant* ou *l'aristocrate* prennent pour une dé-
» sorganisation calamiteuse , ou *la révolution ne*
» *se ferait pas*, ou quelque avancée qu'elle soit ,
» *elle ne se completterait pas*. (page 3.)

J'avoue que , dans mon ignorance , et sans être un aristocrate , je prenais la révolution du dix août , etc. , etc. , et un million d'*et cætera*, pour une désorganisation calamiteuse ; mais il faut en croire M. *Crestin* ; il faut en croire un si grand politique : sans *ce jeu effrayant*, sans *cette terrible harmonie*, la révolution ne se serait pas complettée.

« Dans ces tems orageux , les vertus morales
» sont, *sinon nuisibles*, du moins fréquemment im-
» puissantes. Les révolutions qui se sont faites par
» exhaussement , ont eu ces caractères ; à plus
» forte raison , les révolutions qui se font par

» abaïssement, doivent les avoir ». (J'avoue qu'ici je ne comprends pas M. *Crestin*; il est si profond, que sans doute il ne se comprenait pas lui-même.) « Car lorsqu'il s'agit de niveler un terrein, et pour » cela de raser des montagnes, d'abattre des ro- » chers, l'on est forcé de faire jouer la mine. Les » instrumens les plus meurtriers », (la guillotine apparemment et les fusillades) « sont les plus » utiles. L'opération est plus bruyante; elle exige » plus de violence dans les efforts, etc. (page 5).

» C'est à travers le volcan des passions, qu'elle » (la convention nationale) a fait la constitution; » mais, citoyens, que cette considération ne vous » prévienne pas contre son ouvrage! Les produc- » tions morales nées des passions, sont souvent les » meilleures; et je ne sais si l'humanité ne leur est » pas redevable autant qu'à la vertu. La nature ne » produit pas, sans d'effrayans tremblemens, ses plus » beaux ouvrages; et l'homme à qui elle en donne la » jouissance, serait ingrat, s'il l'accusait ». (Opinion prononcée par M. *Crestin*, sur la nécessité d'ac- cepter la constitution de 93, pages 5 et 6.)

En vérité les Babœuf et les Marat n'eurent ja- mais plus de profondeur et de hardiesse philoso- phique. Mais les Babœuf et les Marat étaient tout bonnement de frénétiques démagogues, des fous furieux à enchaîner; ils n'ont point changé de mas- que à toutes les phases de la révolution; ils ne se sont jamais donné pour les meilleurs royalistes, pas-

sés, présens et futurs. Combien M. *Crestin* n'est-il
pas un plus grand homme d'état, un plus habile
politique!

Les droits de l'homme, comme nous l'avons
déjà vu, ces droits de l'homme *où l'on ne parle
point de ses devoirs* (pag. 34 du libelle), ont été
tracés par la convention nationale *avec le compas
de la sagesse, avec les mains de la morale et de la
nature*..... M. Crestin est un grand moraliste; il
aime furieusement la *nature* et la *morale*..... Aussi
dit-il que les puissances alliées sont venues rappeller la nation aux mœurs. (pag. 30.)

Ah! si je n'eusse pas été forcé de tracer cet opus-
cule à la hâte; si j'avais eu plus de temps pour rechercher les œuvres éparses de M. *Crestin*, ces
œuvres écrites avec le burin *de la sagesse, par les
mains de la morale et de la nature*, sur des feuilles
de plomb qui se sont dès long-tems précipité d'elles-
mêmes au fond du fleuve d'oubli; si j'avais pu dé-
rober quelque feuillets de plus à de barbares pi-
lons, et souvent, le dirai-je? à un sort plus outra-
geant encore; ah! que de lumières, que de jouis-
sances j'aurais procurées à mes lecteurs!

(N O T E F.)

Voyez un arrêté de l'administration départemen-
tale, du 14 nivose an 4, ordonnant la plantation
d'un arbre de la liberté, *avec tout l'appareil et la
solemnité possible*, en remplacement de celui qui

avait été abattu dans la commune de Cendrecourt, et chargeant spécialement le commissaire du pouvoir exécutif de la surveillance des poursuites de ce délit.

Les considérans de l'arrêté sont curieux.

« L'administration considérant qu'il est instant de faire connoître à ceux dont la criminelle audace s'est portée jusqu'à commettre un attentat contre *le signe chéri des français ; que leurs coupables espérances sont chimériques ;* que le gouvernement est bien décidé à maintenir la *constitution républicaine ;*

» Que par-tout où *un royaliste , un émigré , ou leurs partisans* chercheraient à exciter des divisions, opérer des mouvemens populaires, égarer les bons citoyens, etc., *par-tout ils seront signalés , par-tout ces complots criminels viendront échouer devant une masse imposante de républicains ,* etc. ; *que leur fol espoir ne se réalisera qu'après qu'ils auront couvert la France de cadavres ,* arrête : etc. ».

(N O T E G.)

Arrêté pris le 7 brumaire an 4 , sur une dénonciation contre des royalistes. « L'administration considérant qu'il résulte du rapport du 4 brumaire, et de la délibération de la municipalité de Montbeillard, que les six citoyens y dénommés sont prévenus de provocation au rétablissement de la royauté, en criant le 3 brumaire environ les 9 heures 3 quarts

du soir : vivent les chouans !... vive Louis XVIII !...
Que c'est un crime sévèrement puni par la loi du
1ᵉʳ prairial dernier, dont l'application est réservée
aux tribunaux criminels ; *qu'il importe de poursui-*
vre, et dans son principe, le germe de royalisme que
les ennemis de la constitution républicaine cher-
chent à faire éclore dans le district de Montbeil-
lard, dans l'espoir de le voir bientôt se propager
dans les lieux qui l'avoisinent. Que c'est également
au tribunal criminel qu'appartient l'examen et la
censure de la conduite du juge de paix, qui s'est
permis de consentir à la mise en liberté des six individus dont il s'agit. Que les officiers municipaux
paraissent avoir favorisé et encouragé ces provo-
cations ; et que sous ce rapport, c'est également au
pouvoir judiciaire à juger s'ils en sont les complices, arrête : Que sur le champ lesdites pièces
et expéditions seront adressées à l'accusateur public pour faire les poursuites ».

(N O T E H.)

« A la séance du 26 nivose an 4, l'administration
considérant *que les ennemis de la république s'agi-*
tent en tout sens pour atténuer dans le cœur des
Français l'attachement qu'ils ont voué au gouverne-
ment républicain ; qu'ils emploient tous les moyens
d'égarer les esprits faibles en composant des écrits
dont le but est de les rattacher à la royauté.....; que
le gouvernement a avis qu'un de ces écrits intitulé :
intention

Intention du Roi Louis XVIII, sur la question de savoir si les ecclésiastiques en France peuvent déclarer qu'ils se soumettent aux lois de la république, vient d'être imprimé d'une manière clandestine par les soins de nos ennemis extérieurs...» (N'oublions pas que selon *l'exposition des motifs de l'assemblée nationale*, les princes émigrés avaient levé des troupes au nom du Roi...; que ces émigrés, ces prêtres agissaient au nom du Roi, pour le rétablir dans ce qu'ils appelloient son autorité légitime, etc.) « que quelque absurde que soit cette production *du royalisme au tombeau*, il importe d'arrêter dès le principe sa distribution ainsi que celle d'autres écrits de cette nature, afin de prévenir entre les citoyens des discussions au moins inutiles, si non dangereuses, dans un département où *la haine de la royauté et du fanatisme ne peut être plus loyalement et universellement prononcée ;*

» Arrête : ART. 1er. Il est fait très-expresses défenses à tout citoyen de distribuer, vendre, colporter, ni TENIR *aucun manuscrit ou imprimé tendant à ébranler les esprits, sur la supériorité du gouvernement républicain*, ni sur l'obligation imposée à tout ministre du culte de se soumettre à l'obéissance aux loix de la république, et notammen l'écrit intitulé : *Intention de Louis XVIII.*

» ART. 2. Il est enjoint aux administrations municipales de faire rechercher ledit écrit chez les

6.

libraires, imprimeurs, etc., etc.; d'en saisir les exemplaires, etc.

» Art. 3. Il est enjoint à tout citoyen qui en aurait à son pouvoir, de les remettre dans les 24 heures aux commissaires du directoire ou agens de son canton.

» Art. 4. Tout contrevenant à l'article précédent sera dénoncé au directeur du jury, pour être poursuivi comme complice ou correspondant des ennemis de l'état ». (C'est-à-dire pour être livré aux tribunaux, et subir la peine de tout complice des ennemis de l'état, la mort.)

Ces différens arrêtés sont signés par M. *Crestin*, comme *président*.

(N O T E I.)

« L'exécution des lois sur les émigrés, sur les
» prêtres insermentés et réfractaires, etc., etc.;
» toutes ces parties d'administration, *nous les avons*
» *embrassées, activées avec une célérité à faire perdre*
» *haleine aux administrations secondaires.* En vain on
» a cherché à multiplier les obstacles; nous les
» avons surmontés ». (Page 7 de *l'examen des causes de la destitution des administrateurs de la Haute-Saône*, ou confession républicaine de M. *Crestin*, signée par lui.)

« La loi du 3 brumaire nous est parvenue le 8.
» Le même jour, nous prîmes arrêté par lequel dé-

» taillant les lois de 92 et 93 dont elle a renouvellé
» l'exécution, nous enjoignîmes aux districts et
» aux administrations qui devaient leur succéder,
» d'exécuter SÉVÈREMENT l'art. X de cette loi, et
» d'envoyer dans la maison de réclusion tous les
» prêtres qu'il feraient arrêter ». (*Voyez page* 49 de
cet examen de conscience.)

« Nous espérâmes que les administrations mu-
» nicipales signaleraient leur installation par l'exé-
» cution de l'art. X de la loi du 3 brumaire. Elles
» furent installées le 20, mais si incomplètement for-
» mées, que pendant tout le cours de frimaire, il ne
» nous fut pas possible d'en rien tirer; elles ne vo-
» lèrent que d'une aîle ». (page 50.)

« Cependant le 2 frimaire nous leur rappellâ-
» mes dans une circulaire, leur obligation de pour-
» suivre le *fanatisme*, et d'exécuter la loi.

» Le 1er nivôse nous prîmes un second arrêté
» dont les nombreuses dispositions tendirent à la
» STRICTE exécution des lois de 1792, 1793, et 3
» brumaire sur les réfractaires......

» Le 17 nivôse, autre circulaire ayant le même
» objet, et ordonnant DE PLUS FORT l'exécution de
» la loi du 10 vendémiaire sur les passe-ports, AFIN
» QU'AUCUN ÉMIGRÉ NI PRÊTRE SUJET A LA DÉPOR-
» TATION OU A LA RÉCLUSION, NE PUSSENT ÉCHAP-
» PER ». (page 51.)

(N O T E K.)

Je ne citerai qu'un article de l'arrêté du 26 nivôse :

Service de la garde nationale, article 6.

Il sera ajouté à la consigne que si un poste découvre l'asyle de quelques prêtres réfractaires, ou de quelques prévenus d'émigration, il s'emparera de toutes les issues de la maison, et avertira l'agent municipal ou son adjoint qui, avec la force armée, fera la perquisition pour procurer l'arrestation de l'individu.

« De suite envoi de force armée aux cantons de
» Colombier et de Noroy, pour arrêter des prê-
» tres ». (*Examen des causes, etc., pag.* 51.)

« Autorisation à des commissaires du directoire
» de prendre force armée hors de leurs cantons pour
» le même sujet.

» Réquisitions multipliées à la gendarmerie na-
» tionale.

» Agens municipaux suspendus et renvoyés aux
» tribunaux pour cause de négligence dans l'exé-
» cution des lois sur les prêtres.... » (*id. pag.* 51.)

(N O T E L.)

« Au fait, toutes nos mesures ont fourni à la loi l'arrestation d'un capucin qui a subi la mort.

» L'arrestation d'une dizaine de prêtres livrés au tribunal criminel, chargé de l'application de la loi.

» La réclusion de quatorze autres infirmes ou sexagénaires, dont aucun n'a été mis en liberté.

» L'arrestation de trois émigrés normands, *renvoyés* par le tribunal de la Haute-Saône à celui de leur pays, pour y être jugés ». (pag. 53.)

. . . .

« Le ministre de l'intérieur et celui de la police ont fini par rendre à nos opinions et à nos sentimens DE BONS ET DE VRAIS RÉPUBLICAINS, une justice qui, pour avoir été tardive, n'en a que plus de mérite, parce qu'elle a été plus réfléchie, plus mûrie ». (*pag. 6.*)

(N O T E M.)

Le 15 frimaire an 4, « l'administration considérant que sa correspondance avec les administrations municipales, l'instruit qu'une grande partie d'elles quoique organisées, sont frappées d'inaction dans toutes les parties du service public, notamment.... dans l'exécution des lois sur le départ des volontaires rentrés, *dans l'exécution de celles contre les prêtres réfractaires;* que les exhortations multipliées de l'administration et les mesures de rigueur qu'elle a manifesté vouloir déployer, n'ont produit que des effets peu sensibles en cette partie essentielle, arrête que le citoyen *Crestin*, président, se transportera en qualité de commissaire à l'effet que dessus, dans les cantons de Grandvelle, Fres-

nes-St.-Mamès, Gray, Gy, Marnay, Mercey, Sau-
vigney, Champvans, Pesmes, Chargey et autres,
pour, sur le compte qu'il en rendra à l'administration, être pris telles mesures que les circonstances exigeront ».

Ce n'est qu'à son président, à un président si zélé
que l'administration a voulu confier une mesure de
surveillance si importante. Aussi, quinze jours après,
voyons-nous un terrible arrêté contre les prêtres.
« Le 1er nivose en 4, l'administration considérant,
» etc., etc., qu'il est urgent de prémunir l'ordre
» et l'esprit public contre les intrigues de *ces prêtres*
» *rebelles à la loi, dont la fanatique audace a fran-*
» *chi les barrières posées entr'eux, et le sol de la li-*
» *berté qu'ils voudraient anéantir au nom du Dieu*
» *même, qui en a imprimé le caractère à tous les*
» *hommes;* qu'il ne l'est pas moins de rappeller les
» fonctionnaires publics, chargés de l'exécution
» immédiate de la loi du 3 brumaire, aux devoirs
» qu'elle leur impose, et dont la rigueur com-
» mandée par les circonstances est assez justifiée
» par les entreprises ultérieures des ennemis de
» la chose publique, arrête : etc., etc. ART. 12.
» Enjoint l'administration aux municipalités de can-
» ton et de commune de faire recherches, perqui-
» sitions, découvrir et arrêter les prêtres connus
» sous le nom de prêtres réfractaires, qui ayant été
» déportés par application légale des lois de 92
» et 93, seraient rentrés sur le territoire de la répu-

» blique, et auraient enfreint leur déportation,
» pour être sur le champ traduits au tribunal cri-
» minel et punis conformément aux lois. Art. 14.
» En cas de négligence dans l'exécution des mesu-
» res prescrites par les articles 10, 11, 12 et 13 du
» présent arrêté, qui ne sont que pour l'exécution
» de la loi du 3 brumaire, les fonctionnaires pu-
» blics qui s'en seront rendus coupables, seront
» dénoncés aux tribunaux, poursuivis et punis de
» deux ans de détention, conformément à l'article
» 10 de la loi du 3 brumaire ».

On se rappelle, en frémissant, les lois sur les
prêtres et les émigrés. D'après l'art. premier du
décret du 22 ventôse, l'an 2 de la république, les
biens des prêtres déportés par des arrêtés des corps
administratifs, etc., etc., ou même des prêtres déportés volontairement, les biens des vieillards et
des infirmes réclus, étaient acquis à la république.
D'après la loi du 27 septembre 93, les lois sur l'émigration étaient applicables en tout point aux déportés.

M. *Crestin* a un goût tout particulier pour les
déportations. Il assure n'avoir point dit qu'il faudrait se débarrasser par le fer de 40 *napoléonistes*
par arrondissement; mais il veut *seulement qu'on
purge chaque arrondissement* de dix citoyens *de
l'espèce* d'un de nos plus braves grenadiers, non
par le fer, admirez la modération! mais par l'ostracisme; une bonne déportation sans forme de pro-

cès.... par l'ostracisme !.... Dix Thémistocle dans chaque arrondissement !... (*Voyez pag.* 25 *du libelle.* *M. Crestin* a donné lui-même au tribunal de Gray la clef de ce dialogue entre un grenadier et un sage vieillard.)

La France alors serait tranquille et heureuse ; le roi y régnerait avec délices. (Id. pag. 25.)

M. *Crestin* est un homme délicieux.... avant le 10 août, il vantait *les délices de la liberté ;* il voulait que le peuple *s'élevât aux délices de la liberté.* (Voyez sa philippique contre les émigrés.)

Mais enfin ce n'est point par le fer que la France serait ainsi purgée de plusieurs milliers de Français.... Ils ne seraient que déportés... Voilà qui est tranquillisant. Quand on songe, pourtant, de quelle manière M. *Crestin* traitait jadis les *déportés*, même les *infirmes* et les *sexagénaires* reclus, et jusqu'à ce pauvre capucin, il y a toujours de quoi trembler.

Ah ! Dieu nous garde des *délices* de M. *Crestin,* et du *mercure...* de la calomnie ! (V. l'adresse de J. F. *Crestin*, p. 3.)

(N O T E N.)

« Lettre du 26 pluviôse au général Chevalier, pour avoir une force armée à notre disposition, à l'effet *de balayer les prêtres et* de déserteurs *le département.*

» Autre lettre au général Moulins, du 8 ventôse, tendant à l'envoi de cette force armée.

» *Nous avons mis la même activité que si le département eût été réellement peuplé de prêtres rentrés ou à reclure*». (pag. 52.)

www.ingramcontent.com/pod-product-compliance
Lightning Source LLC
Chambersburg PA
CBHW060439260626
47161CB00005B/2002